JN055892

異世界をスキルブックと共に生きていく 2

A L P H A L I G H T

大森万丈
Banjou Omori

アルファライト文庫

主な登場人物
佐藤健吾《さとうけんご》
本作の主人公。元はサラリーマンだったが、神様に『スキルブック』を与えられて異世界に転移した。
リン
元気な虎獣人の少女。『スキル強奪《こうだつ》』の能力を持つ。
マリア
『予知』のスキルを持つ狼獣人の少女。

ジャック
『黒の外套《がいとう》』の幹部《かんぶ》。
かなりの切れ者。
クリスティーナ
エスネアート王国の
第三王女。
エレナ
ケンゴの拠点《きょてん》を
取り仕切る少女。
ケンゴに心酔《しんすい》するあまり
時々極端《きょくたん》な言動も……

王都

日本で死んだしがないサラリーマンの俺――佐藤健吾《さとうけんご》が、神様の依頼でこの世界に来てからどれくらい経《た》っただろうか？

まだ三ヵ月も経っていないはずだが、本当に色々なことがあった。

たった一人でジャングルを探索《たんさく》し、魔物との戦闘や拠点《きょてん》の建造、それに食事の確保など、最初はとにかく必死だった。

そんな中、俺を驚《おどろ》かせたのは〝魔法〟と〝スキル〟の存在だ。

俺は神様に貰《もら》ったユニークスキル『スキルブック』により、魔物や人の体内にある〝魔石〟からスキルポイントを獲得《かくとく》し、それと交換で様々なスキルを取得できる。

その種類は本当に多く、地球では考えられないような現象を、道具も使わずに簡単に起こせてしまう。

特に凄《すご》いのが『召喚《しょうかん》』スキル。これは魔石からその保有者の生前の状態を復元《ふくげん》し、俺の眷属《けんぞく》にするというものだ。

このスキルのおかげで、今では安全な拠点を築《きず》き、魔物や人も含め、多くの仲間達に囲まれて生活している。

ただ、拠点があるフルネール大森林の中だけでは、物資の補給《ほきゅう》や生活を向上させるための技術の獲得は困難だ。

そこで俺は、人里を目指して大森林を抜けたのだが……どういうわけか多くの厄介事《やっかいごと》に巻き込まれた。

最初に立ち寄った村は山賊《さんぞく》に襲《おそ》われていたし、街道《かいどう》でも馬車を襲う盗賊《とうぞく》に出くわした。

しかもこの盗賊は〝黒《くろ》の外套《がいとう》〟というかなり凶悪《きょうあく》な組織らしく、アルカライムの町では知り合いが攫《さら》われて、危《あや》うく命を落とすところだったのである。

どうにか悪党どもを撃退《げきたい》できたから良かったものの、俺には神様に貰ったユニークスキルの『神の幸運』があるはずなのに、何故《なぜ》こうも事件が続くのだろうか？　本当に勘弁《かんべん》してほしい。

……さて、俺は今、拠点の仲間を伴《ともな》ってエスネアート王国の王都を目指して移動している。

意外にも旅は順風満帆《じゅんぷうまんぱん》で、出発から四日ほど経った朝、ついにはるか遠方に王都らしき影が見えてきた。

今日中に王都に入れるように、俺は御者《ぎょしゃ》を務《つと》めるエレナに少し速度を出すように指示を出した。

エレナは俺がこの世界に来て初めて話した女性で、拠点では魔物勢との会話の通訳をしてくれる、欠かせない存在だ。

さらに、少し離《はな》れて馬車を囲むように狼獣人のマリアと虎獣人のリンという女の子が、馬に乗って並走《へいそう》している。この二人は奴隷商《どれいしょう》によって廃棄処分《はいきしょぶん》されそうになっていたところを俺が引き取った。

人が暮らす場所に拠点の魔物勢を連《つ》れて行くと問題が起きそうだから、代わりに彼女達が護衛《ごえい》を買って出てくれているが、そもそもこんな女の子に護衛をさせるのはある意味問題な気がする。

だが、どうせ何を言ってもついて来るので、とりあえず俺の目の届く範囲で気の済むようにやらせているというわけだ。いずれ成長したら、俺の護衛よりも他にやりたいことが出てくるだろう。

それにしても、王都か……。アルカライムでも初めて見るような物が結構多かったが、王都はどんな感じなのかな？　考えるだけでも楽しみだ。

逸《はや》る気持ちを抑《おさ》えて前方を見ていると、何故か『気配察知』スキルに引っかかる集団があった。

こんな何もない場所でこの集まり方……商人のザックさんが襲われた時の状況に似ている。

……いやいや、さすがにそれはないだろう。ここは王都の目の前だ。問題を起こせばすぐに捕《つか》まってしまうし、そうそう馬車を襲う奴はいないはず……だよな？

素通りしたいところだが、万が一にも何かあってはいけない。俺は確認のためにその集団の方に向かうよう指示を出した。

近づくにつれて全貌《ぜんぼう》が明らかになってくる。黒い覆面《ふくめん》で顔を隠《かく》した者が多数、一台の馬車を取り囲んで……交戦していた。

馬車側《がわ》の護衛はまだ何人も生きており、馬車を守るべく奮戦《ふんせん》しているものの、かなり追い込まれているように見える。

その原因は襲う側の人数だ。『気配察知』で確認できるだけでも四十人以上いる。どう見ても馬車一台を襲うには多すぎる人数だ。

とりあえず、手遅《ておく》れになる前に助けた方が良さそうだな。

早速俺が馬車を降りて、『土魔法』で野盗《やとう》達を捕獲《ほかく》しようとしたら……何故かエレナから〝待った〟がかかった。

「エレナ、急がないといけないのになんで止めるんだ？」

「この程度の相手にケンゴ様が出る必要はありません。私達で対処いたします」

「いやいや、襲われている人がいるんだから、みんなで助けに行った方が良いと思うぞ？」

それに、可愛《かわい》らしい女の子があんな厳《いか》ついおっさん達に向かっていくのは、色々な意味で心配だ。

「先に『土魔法』で捕獲だけするのも駄目《だめ》か？」

「駄目です。あれくらいの相手であればケンゴ様の魔力を使う必要すらありません。それとも、ケンゴ様は私達のことが信用できないのですか？」

「信用していないわけではないんだけど、心配なものは心配なんだよ」

しかし、エレナはまるで譲《ゆず》ろうとしない。彼女は時々こうして妙に頑《かたく》なになる。

こうして話している間にも襲われている馬車の状況は悪くなるばかりだ。

「……仕方ない。今回は妥協《だきょう》するけど、もし誰かが怪我《けが》したらすぐに俺が出るからな？」

エレナは満足そうに頷《うなず》き、早速声を張り上げた。

「はい、問題ありません。マリア‼　リン‼　聞きましたね？　もし相手から一発でももらったら、後でゴブ一朗《いちろう》先輩達に訓練をつけてもらいます‼　覚悟して挑《いど》みなさい‼」

「「はい‼」」

気合《きあ》いの入った返事とともにマリアとリンが馬から降り、野盗に向かって飛び出していった。

二人とも少し顔が怯《おび》えているように見えるけど、野盗が怖《こわ》いというよりは、訓練にビビってるんだろうな。ゴブリンジェネラルのゴブ一朗は拠点でも最古参《さいこさん》の強者で、実力も折り紙付きだ。

「ガァァァァ‼」

馬車から注意を逸《そ》らすためか、リンがいきなり大音量の威嚇《いかく》を野盗達に浴《あ》びせた。

うおっ、ビックリした！……リンの奴、いつの間《ま》に威嚇なんて覚えたのだろうか？

しかし、女の子があんな声を出しちゃ駄目な気がする。

俺がリンの教育方法に考えを巡《めぐ》らせている間にも、彼女は野盗達に素早く駆《か》け寄って、目の前の男の首を刎《は》ね、次々と斬《き》り伏《ふ》せていく。

野盗達はいきなりの襲撃《しゅうげき》と威嚇に浮き足立って、全く動けていない。

それにしても、以前ミノタウロスと戦った時に比べて、リンの動きが格段に速いような……

それにあれは……風か？

彼女は周囲に風を纏《まと》っており、斬撃《ざんげき》の合間《あいま》に敵を吹き飛ばしている。

さらに後ろからはマリアが自身の周囲に展開した氷の矢を放ち、確実に野盗達の頭を吹き飛ばしていく。

二人とも、ついこの間まで魔法なんて使えなかったはずだが、誰かに教わったのか？

いざ戦闘が始まると、リンとマリアの顔から怯えはすっかり消え去って、普段通りに戻った。

防御《ぼうぎょ》に関してもマリアの補助があるおかげで、二人とも死角からの攻撃を問題なくかわしている。

認識した相手の未来が見えるユニークスキル『予知』——やはり、マリアのあれは反則だ。

そんな『予知』を持つマリアに攻撃を当てられるゴブ一朗達もどうかしているとは思うが……

一方、生き残った馬車の護衛達も俺達の乱入をチャンスと見て、声を上げて野盗達を押し返しはじめた。先ほどまで大勢いた野盗達も、今ではもう数えるほどまで減っている。

俺が出る幕はなかったみたいだな。

俺は用意していた角《つの》ウサギの頭の角——通称〝角ミサイル〟を、静かに収納袋へと戻した。

それからものの数分で野盗達は壊滅《かいめつ》し、マリアとリンは殺した奴らを端《はし》から順に回収しはじめた。

……いや、戦果を回収するのは大事だが、もうちょっと襲われた馬車を気にしようよ。

二人が死体を回収するために馬車に近づくと、護衛達がこちらを警戒《けいかい》して声を上げた。

「おい、これ以上近づくな！　お前達は何者だ!?」

マリアとリンは一瞬顔をそちらの方に向けたが、すぐに興味をなくして死体の回収に戻っていく。

いやいや、一応俺達は彼らを助けるために戦ったんだよ？　二人ともちょっと興味を持ってもいいと思う。ほら、馬車の人達も二人が相手にしてくれないから戸惑《とまど》っているみたいだし。

最近、マリアとリンがだんだんエレナに似てきた気がする。助けたばかりの頃の初々《ういうい》しさが懐《なつ》かしい……

仕方なくエレナに救助者の無事を確認するように指示を出したものの、あからさまに嫌《いや》そうな顔をされた。何か気《き》に障《さわ》ったのだろうか？

とにかく話をしないことには先に進まない。俺は彼女達に頼《たの》むのを諦《あきら》めて、自《みずか》ら前に出る。

だが、俺達の馬車を近くまで移動させると、向こうの馬車の護衛達は剣を抜いて警戒を露《あら》わにした。

そりゃまあ、得体の知れない奴らが近づいてきたら、俺でもこんな反応になる。けど、俺達は一応あんた達を助けたんだぞ？　いくらなんでも警戒しすぎじゃないか？

俺はとりあえず敵意がないことを示すために、手を上げながら馬車を降りた。

「あのー、大丈夫でしたか？　回復する手段がありますので、負傷者《ふしょうしゃ》がいたら教えてください」

「そこで止まれ‼　これ以上近づいたら問答無用《もんどうむよう》で斬り伏せるぞ‼」

「……やはりこいつらも殺しましょう」

いつの間にか隣《となり》に来ていたエレナが、恐ろしいことを口走った。

「今の問答くらいで殺す必要なんて一切ないから、ちょっと落ち着いてくれ」

もの凄い殺気を放ちはじめたエレナを小声で宥《なだ》めながら、相手の馬車を確認する。

馬車はザックさん達が乗っていたものと比べても一回り大きく、さらに側面には家紋《かもん》と思《おぼ》しきエンブレムが大きく刻《きざ》まれている。

恐らく、これはどこぞの偉《えら》い貴族様の馬車なのだろう。中にいる人物がよほど大事なのか、護衛達も先ほどから一切警戒を緩《ゆる》めない。

厄介事の臭いしかしない。このまま関わらないのが良策《りょうさく》だな。

「わかりました。では、私どもはこのまま帰りますね」

再び馬車に乗ろうと踵《きびす》を返したところ……護衛の一人に呼び止められた。

「待て、お前達は何者だ？　襲ってきた奴らとは関係ないのか⁉」

こちらに剣を向けてくる相手に答える必要があるのかははなはだ疑問だが、後々問題になると面倒だ。一応、返事をしておくか。

「旅の途中でたまたま通りかかった者です。馬車が襲われていたので加勢しただけですよ。それでは、私はこれで失礼します」

さっさと馬車に戻ろうとすると、向こうから女性の声がした。

「お待ちください」

「姫様⁉ 出てきてはいけません‼ すぐにお戻りください‼」

護衛達が騒《さわ》ぎはじめた。姫様って言ったか？ いや、まさかな……

振り返ると、今まさに馬車を降りようとしているドレス姿の令嬢《れいじょう》がいた。

歳はマリア達と同じくらい……十五、六歳といったところか。

金髪に金色の瞳。それが映《は》える白を基調《きちょう》としたドレスには、各所に細かな飾《かざ》り付けが施《ほどこ》されている。

見た目はまさに、絵に描《か》いたようなお姫様。それだけでなく、所作《しょさ》からもただならぬ気品が感じられる。

これは、本当に〝そう〟なのかもしれない。だとすれば、一般人の俺がこの人の相手をするのは難易度《なんいど》が高すぎる。

『隠密《おんみつ》』スキルが全力で仕事をしてくれることを期待しているが、恐らく無理だろう。

なんと言ったらいいのか、あのお姫様、こちらを見る目力《めぢから》が強すぎる。その可愛らしい容姿《ようし》からは想像できないほどの迫力《はくりょく》だ。これは絶対にバレている。

彼女は馬車を降りると、こちらに向かって優雅《ゆうが》に一礼した。

「初めまして、私はクリスティーナ・エリザベート・アン・エスネアートと申します。このエスネアート王国の第三王女です。気軽にクリスとお呼びください。まずはこの度《たび》のご助力、誠に感謝《かんしゃ》いたします。もしあなた方に助けていただかなければ、私達の命はなかったかもしれません。後日お礼をさせていただきたいのですが、お名前をお聞きしてもよろしいでしょうか？」

いや、よろしくはない。できればこのまま何もなかったことにしたい。

俺の経験からすると、今回みたいに『神の幸運』が仕事をサボった時は必ず面倒事が起こる。

本音《ほんね》を言えば会話すらも回避《かいひ》したいところだが、お姫様は先ほどから一切視線を逸らしてくれないので、逃げることもできない。

俺が返答に困っていると、我《わ》が拠点の救世主——通訳さんことエレナが動き出した。

「ようやく少しは話ができる人間が出てきたようですね。私は従者《じゅうしゃ》をしているエレナといいます。クリス……でしたか？　あなたの部下は躾《しつけ》がなっていないのではないですか？　助けてもらった事実さえも認識せずに抜剣《ばっけん》し、ましてそれを我が主《あるじ》に向ける始末。殺されても文句は言えませんよ？　あなた方は今、我が主の善意で生かされているのです。しかも我が主の名前を聞きたい？　冗談にしてはあまりにも面白《おもしろ》くないですね。まずは謝罪《しゃざい》をして、我が主に頭《こうべ》を垂《た》れなさい。話はそれからです」

いやいや、この通訳さん、聞いてるこっちがビックリするような内容をスラスラと繰《く》り出すな。

相手は一応エレナ達の出身国のお姫様だろ。戦争でもするつもりか？

案の定《じょう》、お姫様の周囲にいる護衛達が色めき立つ。

「き、貴様……ふざけるな‼　姫様に頭を下げろだと⁉　今すぐ不敬罪《ふけいざい》で処断《しょだん》してやる‼」

次の瞬間、先頭にいた護衛の一人がいきなり吹き飛んだ。

よく見えなかったが、どうやら事前に行動を予知したマリアが、相手の死角に氷魔法で礫《つぶて》を出して吹き飛ばしたようだ。

「エレナさん、勝手に行動して申し訳ありません。ですが、あのままだとご主人様に危害を加える可能性がありましたので、独断《どくだん》で対処いたしました」

「ええ、構いません。むしろよくやってくれました、マリア。我が主には万が一にもご迷《めい》惑《わく》を掛けるわけにはいきません。それに私もいい加減イライラしていたので、少しすっきりしました。良いお灸《きゅう》になったのではないでしょうか？」

いきなり吹き飛ばされたあの男性は、何がどうなったか理解できなかっただろう。

それより問題は、お姫様に対してケンカ腰なのはエレナだけじゃなかったことである。

今回マリアがたまたま『予知』で先行したが、リンの方も何かあれば今にも飛び出していきそうな感じだ。

我が拠点には穏便《おんびん》にことを運《はこ》ぶという思考を持つ人はいないのかな？　みんな好戦的すぎる。

ほら、お姫様を見てみろ。あんなに目を見開いて固まっているじゃないか、可哀想《かわいそう》に。

「お前ら‼　我が姫に――いや、我がエスネアート王国にケンカを売る気か⁉」

激昂《げきこう》する護衛達に、エレナは淡々《たんたん》と言い返す。

「ケンカを売っているのはあなた方でしょう？　どうしますか、こちらはこのまま全てを滅《ほろ》ぼしても構わないのですよ？」

いったいどこの魔王様のセリフだろうか？　このままだとまずい方向に話が進みそうだ。

俺がエレナに交渉《こうしょう》役を代わると持ち掛けようとしたその時――

「いい加減にしなさい‼　私達はこの人達に命を助けていただいているのですよ？　恩も返さず、その方々に剣を向けるなど、言語道断《ごんごどうだん》です。恥《はじ》を知りなさい‼」

お姫様が声を張り上げた。

周囲が一様に静まりかえる中、彼女はこちらに向き直り、頭を下げた。

「私の護衛達が無礼《ぶれい》を働いたことを謝罪いたします。誠に申し訳ありませんでした」

「姫様……」

周囲の護衛達は唖然《あぜん》としている。

まさか自分達の態度が原因で、お姫様に頭を下げさせる事態になるとは思っていなかったのだろう。

「謝罪を受け入れましょう。用がなければもう行きますが？」

「お待ちください。助けていただいた上に不躾《ぶしつけ》だとは思いますが、お願いがあります。どうか話だけでも聞いていただけないでしょうか？」

「いいでしょう、詳《くわ》しく話してみなさい」

なんだかエレナの方がお姫様よりも偉そうだ。

だいたい、彼女は主であるはずの俺の意思を一切確認してこないが、忘れられているわけではないよな……？

「単刀直入《たんとうちょくにゅう》に申しますと、あなた方の力を見込んで、私達エスネアート王国を助けていただきたいのです。実は今、エスネアート王国と隣国《りんごく》のグラス帝国との間で戦争が起こっています。その戦争に、あなた方の力を貸していただけないでしょうか？」

戦争……しかも現在進行形。やはりろくでもないことだった。それに、王国を助けるとか、お願いの規模《きぼ》が大きすぎるけど、大丈夫か？

溜《た》め息をつく俺をよそに、エレナはさっさと話を進めてしまう。

「内容次第ですね。具体的には？」

「エスネアート王国とグラス帝国は、昔からお互いの領土《りょうど》を巡って争《あらそ》っていました。ここしばらくは国境で睨《にら》み合《あ》う程度だったのですが、グラス帝国が勇者召喚を成功させたことで、状況に変化が生じました。帝国は勇者への支援《しえん》と、現魔王討伐《とうばつ》のために、王国が保有する〝魔王の魔石の欠片《かけら》〟を譲渡《じょうと》せよと要求してきたのです」

魔王の魔石とは、その昔、勇者が魔王を討伐した時に獲得したもので、現在はそれを分割して四つの大国が一つずつ保管しているという。その一つが、エスネアート王国にある。

確かに、帝国が魔王の魔石を集めているという話は、以前聞いたことがある気がする。

そのために戦争の準備をしているとも。それがついに動き出したのか。

お姫様は深刻《しんこく》そうな表情で続ける。

「グラス帝国によれば、魔石の魔力を利用する方法を開発したとのことですが、こちらにはその情報は開示されていません。勇者召喚を成功させた帝国の技術力を信じろと、一方的に圧力を掛けてきているのが現状です。しかしエスネアート王国としては、勇者の支援ならまだしも、利用方法もわからないのに魔王の魔石の封印《ふういん》を無闇《むやみ》に解除《かいじょ》し、グラス帝国に渡すわけにはいきません。当然、要求を拒否《きょひ》したところ、帝国側は〝魔王討伐のために協力関係を築かないといけない時にその和を乱す行為は看過《かんか》できない〟と、因縁《いんねん》をつけてきたのです。あまつさえ〝王国は既《すで》に魔王の手に落ちているのではないか〟などと、あらぬ疑《うたが》いまで掛けてくる始末。そして先日、一方的な降伏勧告《こうふくかんこく》の後、帝国が突然我が領土に攻《せ》め込んできて、戦争に発展してしまいました」

話を聞く限り、どうも帝国が調子に乗っているだけじゃないのか？

エレナも俺と同じ印象を受けたようで、少々呆《あき》れ顔だ。

「それで、あなた達はそんな状況で何をしていたのですか？　まさか逃げ出そうとしていたところを襲われていたのですか？」

――全く違った。今この場で一番調子に乗っているのは、間違いなくエレナだ。

お姫様は少しムッとした様子で頭を振る。

「馬鹿にしないでください。この国が滅びる時まで、私が逃げることなどありません。戦況が思わしくなく、我が軍の不利な状況が続いていたので、近隣《きんりん》の領主に軍の派遣《はけん》を要請《ようせい》しに出ていたのです。その帰り道で、運悪く賊《ぞく》に襲われてしまいましたが……」

「エスネアート王国の軍隊はそこまで弱いのですか？　それに本当に運悪く襲われたのでしょうか。馬車二台に対して四十人以上……あなたが乗っているのをわかって襲撃した、と考えるのが妥当《だとう》でしょう」

エレナの指摘はもっともだ。戦争が行われている状況で、あの襲撃を偶然《ぐうぜん》と捉《とら》えるのは楽観的《らっかんてき》すぎる。姫様は少し考える素振《そぶ》りを見せながら、言葉を継《つ》ぐ。

「我が国の軍隊は、近隣諸国と比較しても決して弱いとは思いません。日頃から練兵《れんぺい》を続け、来《きた》る日に備《そな》えていました。しかし、今回のグラス帝国の軍隊は異様《いよう》なんです。勇者召喚で士気が上がっているのは当然としても、軍の中に黒い魔力を纏った精強《せいきょう》な部隊がおり、我が軍はこれに攪乱《かくらん》されています。そしてこれが本当に不思議なのですが……スケルトンやゾンビ等の魔物が何故か帝国の戦列に加わり、我が軍を圧倒しているのです。この二つが我が軍が劣勢《れっせい》になっている主な原因です。どうにか対処する方法を考えなければなりません。それに私への襲撃が計画的なものだというのであれば、他に援軍《えんぐん》の要請に出ているお姉様達が気になります。早く城に戻らなくては……」

「あなたが急いで戻ったところで、既に襲われているのであれば、結果は変わらないと思いますよ？」

いやいやエレナよ、それは少し言いすぎだ。見てみろ、お姫様泣きそうだぞ？

前から思っていたのだが、彼女はどうして拠点の仲間以外には冷たいのだろうか？

明らかに人の気持ちというものを慮《おもんぱか》っていない。

拠点のメンバーも似たようなところがあるけど、会う人みんなにこんなことを言っていたら、完全に孤立《こりつ》してしまう。

そういえば、以前冒険者ギルドで揉《も》めたカスミちゃんが、〝優《やさ》しかったエレナちゃんが冷たくなった〟とか言ってたな。何か原因があるのか？

今度拠点に戻ったらカシムに聞いてみよう。エレナの父親の彼なら、何か知っているかもしれない。

そんなエレナがお姫様に容赦《ようしゃ》なく質問する。

「それで、あなたは具体的に私達に何をさせたいのですか？」

「……王都から北西に五日ほど行くと、ナミラ平原という場所があります。七日後には、そこで我が軍の総力を挙《あ》げた決戦が行われます。あなた方にはその戦線に加わっていただきたいのです」

おいおい、戦争に参加しろってことか。なんとなく想像はしていたけど、改めて言葉にすると実感が湧《わ》かないな。

涙を拭《ぬぐ》って懇願《こんがん》するお姫様を前にしても、エレナは険《けわ》しい表情を崩《くず》さない。

「それに参加したとして、私達に何かメリットがあるのですか？」

「もちろんです。参加していただくだけでも報酬《ほうしゅう》は用意しますが、戦果によっては、あなた方が望む物を差し上げましょう。私に用意できる物に限りますが」

この言葉を聞いたエレナが、顎《あご》に手を当てて考える素振《そぶ》りを見せる。

珍《めずら》しいな。何か欲しい物があるなら、言ってくれれば俺が用意するのに。

「……それでは、報酬としてあなたを貰いましょう」

ん？　今なんて？

一瞬エレナが何を言い出したのか理解できなかったのは、俺だけではないだろう。

周囲を見てもみんな首を傾《かし》げているし、言われた本人に至《いた》っては思考が停止しているようだ。

少して、ようやく放心状態が解《と》けたお姫様がエレナに尋《たず》ねる。

「それはどういうことでしょうか？」

「言葉の通りですよ。あなたの全てを貰います。あなたの体はもちろん、心や魂《たましい》まで、我が主に捧《ささ》げていただきます。その代わりに、帝国を蹴散《けち》らすだけの力を与えましょう」

姫様はその内容を聞いて驚愕《きょうがく》の表情を浮かべた。

最近エレナは変な凄みが出てきているな。だいたい、願いを聞く代わりにお姫様を貰うとか、今度はどこの悪魔のセリフだろうか？

別に俺は魂まで欲しいなんて思っていないが、ここまでほぼ空気と化していたので、今さら会話に入りづらい。

エレナも俺を主と仰《あお》ぐ割には一切意思確認しないし、忘れられている可能性も否定できないよ、これ。

そもそも、現在交渉しているこの子は、どこぞの村娘とかではなく、エスネアート王国の王女だ。

いなくなったら周囲に与える影響とか大きいんじゃ……

お姫様はしばし驚きで呆然《ぼうぜん》としていたものの、徐々にその顔が真剣な表情に変わっていく。

「それは本気でしょうか？」

「何を本気と確認しているのでしょうか？　あなたを貰う件ですか？」

「いえ、グラス帝国を蹴散らすと言ったことです」

「ええ、本気ですよ。私達が用意する部隊を最前線に配置してもらう必要はありますが」

お姫様は少し考えてすぐに答えを出した。

「わかりました。その条件を呑《の》みましょう」

おお、なんと肝《きも》の据《す》わった女性なんだ。これも国を思えばこその行動なのか……

なんだか他人事のように納得してしまったが、お姫様の護衛達は黙《だま》っていない。

「姫様いけません‼　あなたはこの国になくてはならない人物なのですよ⁉　しかもこんな得体の知れない人物の言うことを真《ま》に受けて、御身《おんみ》を危険に晒《さら》してはいけません‼」

まったくもってその通りなので、何も反論できない。

しかし、お姫様は決意の色を宿《やど》した目を彼らに向ける。

「確かに信用するには時間が足《た》りません。しかし、条件が達成できなければ従《したが》う必要もないのです。黒い魔力の部隊や、魔物の軍勢を倒せる手段が見つかっていない現状で、もし本当にこの人達が帝国を撃退できるなら、私の命一つくらい、安いものです」

「ですが、姫様……」

「もう決めたことです。あなた達もエスネアート王国に仕《つか》える者の一人なら、国を第一に考えて行動しなさい。それと、彼らに私のメダルを渡しますので用意してください」

「……わかりました」

護衛の一人が馬車の中に戻り、一枚の手のひら大のメダルをエレナに手渡した。

もう完全に彼女が我が拠点の代表だと認識されているな、これは。

メダルを受け取ったエレナが、それをしげしげと眺《なが》めながら尋ねる。

「これは？」

「そのメダルには王家を示す家紋が入っています。王家が後ろ盾になることを証明する物です。このエスネアート王国であればどこに行っても、そのメダルを見せるだけで一定の支援を受けられます。それを持って、すぐに軍に加わってもいいですし、直接ナミラ平原に向かって合流しても構いません。ただし、くれぐれも七日後の期日に遅れないようにお願いいたします」

「わかりました。では、私達は直接ナミラ平原に向かうとしましょう。少しやりたいこともありますし」

お姫様はエレナの言葉に頷くと、最初と同じように優雅に一礼した。

「では、私達も急いで城に戻らなければいけないので、これで失礼いたします。この度は助けていただき、本当にありがとうございました。必ずお礼をしますので、戦争が終結《しゅうけつ》したら、ぜひ城においでください」

お姫様はそう言うと、よほど急いでいたのか、すぐに馬車の中に戻っていった。

遺体《いたい》の回収や負傷者の手当などのために護衛の大半を置いていったが、大丈夫なのだろうか？

先ほど襲われたばかりだというのに、不用心《ぶようじん》すぎる気がするけど……

俺はお姫様を心配しながら馬車を見送った。

＊＊＊＊

「これは……遠くで見るとそこまで感じなかったが、かなり大きいな……」

俺は王都を囲む城壁《じょうへき》を見上げながら、そう言葉を漏《も》らした。

お姫様一行と別れた俺達は、ほどなくして王都に到着。城門での検問で、早速お姫様から貰ったメダルが役に立った。冒険者ギルド証の提示だけで入れるのかどうか、ぶっちゃけ不安だったけど、これは僥倖《ぎょうこう》だ。このメダルを得られただけでもお姫様を助けた価値はあるな。

城門を潜《くぐ》ると、そこはアルカライムを上回《うわまわ》る活気で溢《あふ》れていた。

道は綺麗《きれい》に整備《せいび》されているし、ここからでも色々な人種の人達が歩き回っているのが見える。

建物も二階建《だ》て以上のものがほとんどで、景観《けいかん》を崩さぬように整然《せいぜん》と立ち並んでいる。

そして一番驚いたのは、中央に聳《そび》え立《た》つ巨大な城だ。

生前は城といったらまず日本風の物を思い浮かべていたけど、目の前にあるのはヨーロッパ風である。どの角度からも美しく見えるように意匠《いしょう》や造形《ぞうけい》が工夫されていて、その存在感は圧倒的だ。

さすがこの国の象徴《しょうちょう》だな。

実際に城を見るのは初めてだった俺は、しばし城を眺めて、その風景を楽しむ。

だけど、こういう場所に住んだら、自分の寝床《ねどこ》に行くだけでもかなり歩きそうだな……

そんな間の抜けたことを考えていると、エレナが話しかけてきた。

「大丈夫ですよ。確かにエスネアート王国の王城は立派ですが、ケンゴ様にはこれよりも大きく素晴らしい城を必ず用意します。安心してください」

俺はいったい何を安心すれば良いのだろうか？

そして、何故エレナは俺がこれよりでかい城に住みたいと思っていると勘違《かんちが》いしたんだ？

今拠点にある、『土魔法』で作った箱形の寝床でも満足しているのだが、あれじゃ駄目なのだろうか？

寝床を出たらすぐに〝酸《す》っぱい果実〟が食べられる好立地《こうりっち》なのに。

俺はいずれとんでもないことになりはしないかと、戦々恐々《せんせんきょうきょう》としながら馬車を走らせた。

さて、ナミラ平原での決戦は七日後。移動に五日かかるというので、明日か明後日《あさって》に出れば間に合う。せっかく王都に来たのだし、買い物や観光もしてみたい。

だが残念ながら、俺達の中に王都に詳しい者は一人もいない。加えて、俺はアルカライムでも迷子《まいご》になったほどの方向音痴《ほうこうおんち》だ。右も左もわからない王都でどうなるかは、火を見るよりも明らかであろう。

さあ、どうしようか……といっても、選択肢はないに等しい。

とりあえず歩くか。迷子になったら拠点に戻れば大丈夫だしな。

城門近くの厩舎《きゅうしゃ》に馬車を預《あず》けた俺達は、目につく商店にかたっぱしから入り、道を聞くついでに初めて見る物や珍しい食べ物を買《か》い漁《あさ》って回った。

ここで一番俺の興味を引いたのは〝リバーシ〟だ。まさか地球と同じボードゲームがあるとは……。

これを売っていたおっちゃんに聞いたところ、どうやら〝帝国に召喚された勇者が開発した遊び〟ということになっているらしい。

帝国の勇者は間違いなく俺と同じ地球出身だろうな。

しかし、異世界に来てまで同郷の人に会えるとは思ってもみなかったな。少し嬉《うれ》しくなって、思わずにやけてしまった。

そんな俺を、エレナ達三人は驚いたような顔で見ている。なんだろう、ボードゲームでにやけた顔がそんなにおかしかったのか？

俺はさっきまでの嬉しさも忘れ、すっかり足取りが重くなってしまった。

あらかた買い物を終えたので、俺達は拠点で活躍してくれそうな奴隷がいないかを確認するために、奴隷商へ向かった。

ところで、歩いていて一つ気付いたことがある。

——エレナ達がもの凄く目立つのだ。

初めて見た時から綺麗な子達だと思っていたけど、最近は雰囲気《ふんいき》がかなり変わってきた。単に目を引くだけではなくて、存在感があるというか……

出会った時のちょっとそそっかしい感じが懐かしい。

だが、メリットもあった。

さっき入った店でも割引してくれたし、何より、この三人のおかげで俺が目立たなくなったのだ。

道中声を掛けられるのは百パーセントこの三人なので、恐らく俺は周囲の人にとって三人の横にいる霞《かすみ》程度にしか見えていないのだろう。あまり目立ちたくない俺には大変ありがたい。

このまま一人、誰にも気付かれず王都観光と洒落込《しゃれこ》むのも悪くないが……問題はエレナ達が他の住民に話しかけられながらも、俺から一切視線を外《はず》そうとしないことだ。

彼女達もだんだん俺の性格を理解してきているのだろう。

大丈夫、逃げないからそんなに見ないでほしい。

俺は蛇《へび》に睨まれた蛙《かえる》のように縮《ちぢ》こまりながら、奴隷商の入り口を潜った。

「いらっしゃいませ、お客様。本日のご用件はなんでしょうか？」

俺達が店に入ると、いきなり受付にいた男の一人に話しかけられた。

さすが王都だけあって、この店はアルカライムにあった奴隷商の店よりもはるかに大きい。当然、雇《やと》っている人間も多いようだ。

俺はエレナ達を入り口で待たせて、男に答えた。

「今日は奴隷の購入《こうにゅう》に来ました。良い奴隷はいますか？」

「奴隷の購入ですね。もしかして、お客様は戦闘奴隷のご購入をお考えですか？」

「いえ、どちらかというと街を造《つく》るとか、発展させられるスキル持ちを探《さが》しています。戦闘奴隷だと、何か問題があるんですか？」

「はい、現在エスネアート王国が帝国と戦争状態にあるのはご存じの通りです。近々行われる決戦に備えて、戦闘奴隷は全て王国に買い取られ、在庫不足になっています。最近は万が一に備えて、自分の身を守るために戦闘奴隷をお求めになられるお客様も多数いらっしゃるのですが、もう売れる戦闘奴隷がありません。おかげでクレームが多くて困っているんですよ」

そう言って、店員の男は苦笑する。

「それは大変ですね。エスネアート王国にとって、戦況は思わしくないのですか？」

「だいぶ旗色《はたいろ》が悪いみたいです。この後ナミラ平原で決戦が行われるのですが、それ次第で王国の命運が決まりそうです。ナミラ平原を抜ければ合戦《かっせん》に適した要所《ようしょ》も少なく、王都まで一直線ですからね。私どもも、すぐに逃げられるように準備をしております。お客様も用心した方が良いですよ」

エスネアート王国はそこまで厳《きび》しいのか……

魔物の軍団と怪《あや》しい黒い魔力を纏う者達が原因らしいから、一応、後でゴブ一朗達に油断しないように伝えておこう。

「教えてくれてありがとうございます。用心しておきます」

「それから、馬も在庫が少なくなっているので、早めの購入をお勧《すす》めしますよ。それでは本題ですが……お客様は街の建設や発展に寄与《きよ》するスキルを持つ労働奴隷をお探し、ということでよろしいですか？」

「はい、それでよろしくお願いします」

「それでは見繕《みつくろ》ってきます。少々こちらでお待ちください」

少し待っていると、十三人ほどの男女が連れて来られた。

店員の説明によれば、『建築』『測量』『石工』『鍛治《かじ》』『魔道具製作』『錬金《れんきん》』『服飾《ふくしょく》』『農耕』『会計』『政務《せいむ》』『商売』『教育』『畜産《ちくさん》』と、様々なスキルを持つ奴隷達だそうだ。

さすが王都、多くのスキル持ちを揃《そろ》えている。

「どうですか、お客様、気になる奴隷はいましたか？　こちらは全て借金奴隷ですので、安心してご購入いただけますよ」

「凄く多様《たよう》なスキル持ちを揃えているんですね。王都の奴隷商にはいつもこれくらいいるんですか？」

「はい、大体は似たような種類を揃えていますよ。王都は住んでいる人間も多いので、いろんな理由で奴隷に落ちる方がいるんです。もちろん国外からも仕入れますが、やはり一番多いのはこの王都ですね」

「そうなんですか。私も奴隷に落ちないように気をつけないといけませんね」

店員と言葉を交わしながら、一通り『鑑定《かんてい》』で奴隷達を見ていく。

みんな特に変わったところはなさそうだ。

「では、今回は『魔道具製作』の男性と『錬金』の女性をお願いします。労働の期間と金額はいくらくらいになりますか？」

できれば『教育』や『畜産』等のスキル持ちも購入したいが、現状拠点には子供もいないし、飼《か》っているのはハニービーくらいだ。急ぐ必要はないだろう。

『錬金』は金貨六枚で約一年の労役《ろうえき》、『魔道具製作』は金貨九枚で一年半ほどの労役になりますね。購入されますか？」

「はい、お願いします」

「ご購入ありがとうございます。それでは契約しますので、こちらにお願いします」

店員に奥の部屋へと促《うなが》されるが、俺にはもう一つ聞いておかなければならないことがある。

「すみません、その前にもう一つお聞きしたいのですが、よろしいでしょうか？」

「はい、なんでしょう？」

「この奴隷商には〝訳ありの奴隷〟とかはいますか？」

男はその言葉を聞き、少し考えるような素振《そぶ》りを見せる。

「その質問に答える前に、こちらも一つ質問をして良いでしょうか？」

「ええ、構いませんよ」

「もしかして、お客様はアルカライムで訳あり奴隷を買われませんでしたか？」

……!?　まさか、もうそんな情報が出回っているのか？

俺はそのセリフに驚愕を禁じ得なかった。マリア達を購入してまだ一ヵ月も経ってないのに、王都まで広まっているとは。

「はい、確かにアルカライムで訳あり奴隷を購入したのは私ですが、それが何かあるんですか？」

「あぁ、いえ、たまたま噂《うわさ》を耳にしたのです。アルカライムの奴隷商の男が〝呪《のろ》い子《ご》〟や傷物《きずもの》の奴隷を引き取っていった奇特《きとく》な人間がいると吹聴《ふいちょう》して回っていたので、もしやと思いまして。その話は今やこの界隈《かいわい》ではみんな知っていますよ」

あの店主、やってくれたな……この世界には守秘《しゅひ》義務というものはないのだろうか？

しかも、誰が奇特な人間だ。今度会ったらどうしてくれよう……

「なるほど。それで、この店には訳あり奴隷はいるんですか？」

「ええ、一人だけいます。こちらにどうぞ」

やっぱりいるのか……

俺はマリア達が置かれていた悲惨《ひさん》な境遇《きょうぐう》を思い出し、覚悟を決めて店員の後に続いた。

「こちらです」

受付の男が開けたドアの先にいたのは、枷《かせ》も何も付けられず、ただ木の椅子《いす》に座って物《もの》憂《う》げに壁《かべ》を見つめる女性だった。

「この人が？」

「ええ、声を奪《うば》われた歌姫サラ・リヴァイスです」

「声を奪われた歌姫ですか？」

「はい。お客様はこの歌姫の事件をご存じないのですか？」

「ええ、王都には最近初めて来たもので、そういう情報には疎《うと》いのですよ」

「そうでしたか。実はこのサラ・リヴァイスは、数年前まで、この王都で知らぬ者はいないほどの有名人だったんですよ。その歌声を一度聴《き》けば天にも昇《のぼ》るほどの高揚感《こうようかん》を覚え、万人が涙するとまで言われていました」

「それは凄いですね」

「ええ、さらに巷《ちまた》では、彼女の歌を聴いた後、身体《からだ》の調子が良くなったり怪我が治《なお》ったりといった噂も数多くありました。そんな彼女を、市民は畏敬《いけい》の念を込めて〝天の歌姫〟と呼んでいました」

歌声一つで身体の不調を治せるとは、本当に凄いな。これも何かのスキルの影響だろうか？

スキルブックには歌スキルなんて見当たらなかったが……

「しかし、彼女の栄華《えいが》はそう長くは続きませんでした。嫉妬《しっと》か誰かの陰謀《いんぼう》かはわかりませんが、とある貴族が主催《しゅさい》するパーティの席で、彼女が口にした飲み物に毒物が混入していたのです。彼女は毒物によって喉《のど》を焼かれ、その日から声を失いました。彼女の支援者達は多くの金銭《きんせん》を掛け、医者を呼んだり薬を取り寄せたりしましたが、結局誰一人として彼女の喉を治せませんでした」

可哀想に……

俺は店員の話を聞きながら、彼女に『鑑定』を掛ける。

やはり、彼女のステータスにはユニークスキルとして『歌唱』があった。歌の種類や歌い方によって対象者に数多くの恩恵《おんけい》や弊害《へいがい》を与えることができるらしい。

凄いな……俺の『付与』スキルと違って、対象者に弱体化――デバフも掛けられるのか。能力を悪用したという話が出てこないから、恐らく良い人なんだろう。

店員は続ける。

「その後、奴隷に落ちるのは早かったですね。薬を探すために多額のお金を借りたものの、喉は治らず、借金は膨《ふく》らむばかり。支援者達にも見限られ、家族さえ彼女の収入を当てにしていたのか、喉が治らぬことに憤慨《ふんがい》し、家から追い出しました。彼女がここに来た時は、それはもう酷《ひど》い状態でしたよ」

マリアといい、リンといい……この世界ではユニークスキル持ちは必ず不幸になり、奴隷に落ちるのだろうか？　今のところ、俺以外百パーセント奴隷だ。

俺も『神の幸運』持ちのわりには少し不幸な気がするが、まだ彼女達に比べれば運が良い方だと思う。

「しかし、声が出せないので会話もままならないですし、他に特に目立ったスキルもない……おまけに背負《せお》っていた借金の額も相当だったため、なかなか買い手がつきません。そうなると性奴隷か鉱山労働くらいしか道が残されていませんでした。ですが、どうにもそれは忍《しの》びなくて……労働奴隷として購入してくれる人を探していたんですよ」

「そうですか。独断でそんなことして大丈夫なんですか？」

店員の男が苦笑しながら答える。

「あぁ、申し遅れました。私はこの店の店主をしているグレイブと申します。以後お見知りおきを」

「店主さんだったんですか、失礼しました。それにしても、どうして彼女に対してそこまでするんですか？　あなた方にとって、彼女は〝商品〟なのでは？」

俺は率直《そっちょく》な疑問を口にした。

「実は私、彼女のファンでして。叶うなら、もう一度彼女の歌声を聞きたいと思っているんです」

「なるほど。それで、この奴隷は売っていただけるのですか？」

「売ってもいいですが、条件があります。彼女を労働奴隷として正当に扱《あつか》うこと、そして、できる限り彼女の声が戻る方法を探すこと、この二つです」

「その程度であれば構いませんよ」

恐らく彼女の声が出ない原因は、喉が焼けて声帯《せいたい》が働かないせいだろう。それなら回復魔法で治るはずだ。万が一治らなければ、一度声帯を切除《せつじょ》し、部位欠損《ぶいけっそん》と同じく再生してやるという手もある。

「簡単に仰《おっしゃ》いますね。結局、私には彼女を救えませんでした。どうか彼女の声を取り戻す手段を見つけてください」

「わかりました。それで、彼女の値段は……？」

「無料でいいですよ。そのかわり、もし彼女が声を取り戻すことができたら、一度だけ私に彼女の歌を聴かせてください」

「無料⁉　彼女の借金額はかなりのものだという話ですが」

「負債《ふさい》は私が肩代わりします。ただし、法律で定められた労働義務は残っていますので、彼女はその費用の倍額分を、お客様のもとで働いて稼《かせ》ぐ必要があります。期間は五年です」

「五年も？　そうなると、かなりグレイブさんの負担《ふたん》が大きいんじゃないですか？」

「気にしないでください。彼女の歌がまた聴けるのなら、安いものです。それに、お客様であれば彼女を治すことができそうですしね。先ほど入り口でお見かけした獣人の子、アルカライムの訳ありの奴隷の子でしょう？」

凄いな、この店主。少ない情報からそこまで予想するとは、なかなかどうして侮《あなど》れない。

アルカライムの奴隷商とはえらい違いだ。

「わかりました。彼女の喉が治ったら、必ず歌を聴かせに来ますよ。それに彼女もあなたには感謝しているでしょうしね」

「そうだと嬉しいんですがね」

店主ははにかみながらそう言うと、彼女の手を取ってこちらに連れて来た。

俺にはそれがまるで大事な恋人を扱うような仕草に見えた。

必ず治療《ちりょう》して、この人の前に連れてこよう。

俺はそう心に決め、店主と一緒に奴隷達の契約をするために、奥の部屋へと移動した。

＊＊＊

その後、問題なく奴隷契約を終わらせて、俺達は奴隷商を後にした。

次は王都の冒険者ギルドに向かおうと考えているのだが……どういうわけか、先ほどよりも多くの視線を集めている気がする。

購入した奴隷達を含めて八人の集団になったのはあるにせよ、それだけが原因じゃないような……

俺が訝《いぶか》しんでいると、突然年配の女性が話しかけてきた。

「ちょっとあんたら、後ろに連れているのは歌姫じゃないのかい？」

あぁ、サラが原因だったか。

「ええ、そうですが、何か用ですか？」

「いや、最近めっきり見なくなっていたものだから、気になっていてね。もう喉は治ったのかい？」

「いえ、まだです。これから治療に向かうんですよ」

「ああそうかい！　治ったら教えておくれ！　急にいなくなって、みんな心配していたんだよ。歌姫の歌を楽しみにしている人はまだ大勢いるんだから、頑張《がんば》って喉を治すんだよ‼　ほら、これ食べな」

そう言うと、女性はサラに何かを手渡して去っていった。

気になって確認すると、それは少し歪《いびつ》な丸い物……おそらく飴玉《あめだま》だった。

この世界じゃ砂糖《さとう》は貴重《きちょう》だろうに……

サラはとても嬉しそうに微笑《ほほえ》んでいた。

うん、やはり美女には笑顔が似合うな。エレナももっと笑うと良いのに。

しかし、店主は応援していた人も見限ったと言っていたが、周囲の反応を見ると、全然そうは思えない。何かあるのだろうか？

まぁ、サラが治って王都でまた歌い出せば、自《おの》ずとわかるだろう。

そんなことを考えながらしばらく歩き、俺達は王都のギルド前に到着した。

建物は三階建てで、アルカライムのギルドより一・五倍ほど大きく見える。

しかも、この建物は先ほど入ってきた街の門の目と鼻の先に存在しているではないか。

全く気がつかなかった。

無知というものは恐ろしい。どこかに地図は売っていないだろうか？

中に入ると、さすがに王都だけあって、人でごった返していた。

アルカライムのギルドとは違って酒場はなく、受付カウンターの数が多い。依頼の掲示板や資料の書庫なども大きく見える。

入り口付近で室内を眺めていると、早速二人組の男に声を掛けられた。

「おい！　ねーちゃん！　初めて見る顔だな？　これから冒険者になるなら、俺が手ほどきしてやろうか？」

「おいおい、お前じゃ力不足だろう！　こんな別嬪《べっぴん》だ、俺くらいじゃねーと釣《つ》り合わねーよ」

話しかけられたのは俺じゃなかった。危うく片手を上げて反応しかけたじゃないか……

しかし、エレナは男達を一瞥《いちべつ》しただけで、そのまま俺の後についてきた。

この手の輩《やから》は無視するともっと絡《から》んでくるものだが……

「おい!!　無視してんじゃねーよ!!」

「お高くとまってると、痛い目見るぞ!?」

案の定、腹を立てた男達がエレナの腕を掴《つか》もうとするが——それを予知していたマリアとリンにぶん投げられた。

テーブルが倒れて皿やグラスが割《わ》れ、凄い音が響《ひび》く。

確かに、綺麗な人を見つけて絡みたくなる気持ちはわからなくはないけど、ここは王都のギルド内だぞ？　アルカライムでもギルドマスターのクリフォードさんが〝ギルド内で暴力沙汰《ぼうりょくざた》は御法度《ごはっと》〟と言っていた。さて、今回は誰が出てくるのだろうか？

そうこうしていると、騒ぎを見ていた人や聞きつけた人が周りに集まりはじめた。

「おいおい、ギルド内でケンカか？」

「命知らずもいるもんだな！　それに、あれ歌姫じゃねーか？　久しぶりに見たぞ」

「なんだって⁉　歌姫だと‼　どこだ⁉　俺ファンなんだよ！　サイン貰えねーかな」

「それにしても、あの三人は美人だな。初めて見るが、新人か？」

周囲の人間は好き放題話しているが、倒れた男達を助けようとする者はいない。

どうしよう？　うちの奴らがやったことだし、俺が介抱《かいほう》しに行くかな。

俺が倒れた男達の方に向かおうとしたその時……

「あらあら、これはいったいどういうことかしら？　問題起こしたら、私が〝個別指導〟を行うと明示していたはずよ？　今回は誰が私と一緒に熱い夜を過ごしてくれるのかしら？」

そこには二メートルを超《こ》える大きな男――いや、女だろうか？　性別不詳《ふしょう》な巨体が立っていた。

筋骨隆々《きんこつりゅうりゅう》で見事な体躯《たいく》をしているものの、顔は化粧《けしょう》で綺麗に彩《いろど》られ、髪も長くて、言葉遣《づか》いも女性的。

性別は不明だが、誰でもわかる簡単なことがある。

あの人と二人で熱い夜を過ごすのだけは、絶対に回避しなければならないということだ。

すると、珍しくマリアが手を挙げて、その〝男女《おとこおんな》〟に答えた。

「そこの寝ている男の人達が、エレナさん——この赤い髪の女性に言いがかりを付けて、掴《つか》みかかろうとしていたので、私とこの子、リンと二人で投げ飛ばしました。お騒がせして申し訳ありませんでした」

「ごめんなさいです」

マリアに続いてリンも謝罪し、二人は素直に頭を下げた。

凄いな、周囲の雰囲気が一気にマリア達を被害者に押し上げてしまった。

俺が二人の機転《きてん》に驚愕《きょうがく》していると、〝男女〟が喋《しゃべ》りだした。

「三人とも私には劣《おと》るけど、確かに綺麗な顔をしているし、そこの寝ている男達が声を掛けたのもわからなくないわね。誰か、その現場を見た人はいるかしら?」

入り口にいた男が手を挙げて答える。

「あー、俺も偉い別嬪が入ってきたから見てたけど、大方《おおかた》彼女らが言ってることは間違いねーよ」

なんだ、初めはどうなるかと思ったけど、良い人が多いな。

いや、あの〝男女〟が怖いだけか？

「これで今夜の私の相手が決まったわね。それじゃ、あなたとあなた、そこで寝ている男が起きる前に、縛《しば》って私の部屋に連れて行っちゃって」

よほど〝男女〟が怖いのか、指名された男達は寝ている男達を即座に縛って連れて行った。

縄の保管場所も把握《はあく》していたし、かなり手慣れているみたいだ。

これが王都のギルドの日常なのか？　だとしたら恐ろしいな……

俺が密《ひそ》かに身震いしていると、エレナが〝男女〟に話しかけた。

「それでは、私達はもう行ってもいいのですか？」

「ええ。うちの冒険者が迷惑を掛けたわね。ところで見ない顔だけど、あなた達、このギルドは初めてかしら？　お詫《わ》びに私が案内しましょうか？」

「いえ、結構です。ケンゴ様がギルドに用があるようでしたので、立ち寄っただけです」

ナイスだ、エレナ。あの〝男女〟に付きまとわれては、ゆっくり探し物もできない。

エレナの英断《えいだん》を褒《ほ》めようとした時、突然、〝男女〟の大声が響き渡った。

「全員、その新顔達を包囲しなさい‼　各自の判断で捕縛《ほばく》‼　抵抗するなら、多少の暴行《ぼうこう》も許可します‼」

一気にギルド内が殺気立《さつきだ》つ。

〝男女〟の言葉を聞いた冒険者達が即座に展開し、エレナ達を取り囲んだ。

まぁ、元からほぼ囲まれているような状況だったが、それが急速に密度《みつど》を増して狭《せば》まった感じだ。

そして何故か俺はその包囲の外にいる。

みんな俺に気付いていないのか、ギルドに入った時からずっと、視線すら向けてくれない。

この『隠密』スキル、少し働きすぎなんじゃない？

俺が落ち込んでいる間に、冒険者達が後方にいた奴隷達に襲いかかった。

まずいな、今日雇った奴隷達は戦闘関連のスキルがない。

このまま捕縛されてしまうかと思ったが——やはり『予知』スキル持ちのマリア達の動きの方が一足早かった。

マリアとリンが左右に分かれ、襲いかかる冒険者達を吹き飛ばして牽制《けんせい》している。

あぁ、リンにやられた奴は『スキル強奪《ごうだつ》』でスキルを奪われたな、可哀想に。

倒れた男は自分の身体の変調を感じ取って、あちこち手で触《さわ》って確認している。

続けて、冒険者達と少し離れた場所で炎が噴《ふ》き上がり、一気にギルド内の温度が上昇した。

それを見て、〝男女〟や冒険者達が目を見開く。

そう……エレナがその身に炎を纏いだしたのだ。

髪が炎のように逆巻《さかま》き、高温で彼女の周囲が歪《ゆが》んで見える。

エレナは毎回ギルドで炎を使うが、火事とか大丈夫なのだろうか？

それにほら、冒険者達だけじゃなくて、うちの奴隷達も驚いているから少しは加減をしてほしい。

「これはどういうことか、説明してもらえませんか？」

エレナの怒気《どき》に気圧《けお》されて、包囲する冒険者達が後退しつつある中、〝男女〟が口を開く。

「エレナちゃん？　あなたがさっき言っていたケンゴ様はどこにいるのかしら？」

エレナは苛立《いらだ》たしげに応える。

「話になりませんね。私は説明を求めているのですよ？　何故私がケンゴ様の所在《しょざい》をあなたに教えなければならないのですか？」

「そのケンゴ様に、指名手配が掛かっているからよ」

——!?　指名手配？　俺が？

最近お姫様を助けたり、アルカライムでは黒の外套の殲滅《せんめつ》に一役買ったりと、なるべく人のためになるように行動している俺に、指名手配？　全く心当たりがない。

パニックになっている俺を尻目《しりめ》に、エレナが〝男女〟に問い質《とただ》す。

「ケンゴ様に指名手配が掛かるなど、何かの手違いです。罪状《ざいじょう》はなんですか？　あまり適当なことを言うと、後悔《こうかい》しますよ？」

「罪状は洗脳《せんのう》と誘拐《ゆうかい》。さらに、強姦《ごうかん》や殺人などの疑いもあるわね。少額ながら懸賞金《けんしょうきん》が懸《か》けられているわ。それから、黒の外套と繋《つな》がっているという噂もあるわよ？」

なんだと……？

確かに殺した相手を召喚して拠点でこき使っているから、洗脳と誘拐、そして殺人は当てはまらなくはない。しかし、強姦は事実無根《むこん》だ。

そんな俺の心の叫びをエレナが代弁する。

「それは完全に冤罪《えんざい》ですね。そもそも、ケンゴ様を罪に問おうするなど、それ自体がおこがましい。誰がそんなことを言い出したんですか？　私はその人の方が怪しいと思いますよ？」

「指名手配は、身分が証明されている冒険者ギルドの職員からの申し立てで出されているわ。これが嘘《うそ》なら、その職員は首を刎ねられるわね。でも、あなたの証言は参考にならないわよ、洗脳されたエレナちゃん？」

「私が洗脳されていると言うのですか？　冗談は顔だけにしてください」

口調《くちょう》こそ穏《おだ》やかだが、双方《そうほう》とも怒りで顔が引きつり、一触即発《いっしょくそくはつ》の雰囲気だ。

「あら、言うわね？　でも指名手配の内容に、既にあなたは洗脳されたとあるわよ？」

「ふざけたことを……」

ああ、これはまずいな。こちらは無罪を証明する手段がない。だが大人《おとな》しく捕縛されるわけにもいかない。

俺が捕縛されたら拠点の奴らは黙っていないだろうし、お姫様との約束を守れなくなる可能性も出てくる。しかも、俺達が行かないとナミラ平原での決戦は敗色濃厚《はいしょくのうこう》だ。

エレナが〝男女〟に斬《き》りかかって引っ込みがつかなくなる前に、一度話してみるか。

「はいはーーい、ストップストップ‼　ギルド内で暴力沙汰は御法度だよー‼」

俺はとりあえずクリフォードさんの真似《まね》をしながら、この騒動《そうどう》を止めようと試《こころ》みた。

決してふざけているわけではない。ああいう口調の方が警戒されないと思ったからだ。

急におかしな制止が聞こえたせいか、みんな一斉にこちらを振り返った。

よし！　上手《うま》くいったな。

俺は全員の視線を浴びながら話しかける。

「どうも皆様、こんにちは、私が件《くだん》のケンゴでございます。私の身内がご迷惑をお掛けして大変申し訳ありません。なんだか大事《おおごと》になっていますが、少し説明させていただけませんか？」

「あなた、いつからそこにいたの？」

〝男女〟が目を見開き、驚愕の表情でそう尋ねてきた。

「初めからいましたよ？」

それを聞き、周囲が静まりかえった。

「それで、私に掛けられた罪状や嫌疑《けんぎ》について話したいのですが、あなたに話せばいいですか？」

俺は〝男女〟にそう問いかけた。

あとエレナ、熱いからもうちょっと温度を下げてくれ。

「ええ、私で構わないわ。素直に捕縛されてくれる気になったのかしら？」

「いえいえ、申し訳ありませんが、今は捕縛されるわけにはいかないんですよ。なので、少しお話をしようと思っています」

「話？　いいわ、聞くだけ聞いてあげるわよ」

「ありがとうございます。では、まずあなたの名前を伺《うかが》ってもよろしいですか」

「あら、私としたことが……ごめんなさいね。私はカズコって言うの、よろしくね」

「よろしくお願いします。では、まず初めに、その指名手配の内容は冤罪だと主張します。次に黒の外套と繋がっているという嫌疑ですが、これも事実と異なります。カズコさんはアルカライムで黒の外套が殲滅されたことはご存じですか？」

「ええ、知っているわ。アルカライムの英雄モーテンと、その仲間が殲滅したのよね？」

モーテン達はもともと山賊だったが、今は拠点の一員で、通貨獲得のために冒険者パーティとして活動中だ。ついでに、俺やゴブ一朗などの代わりに功績《こうせき》を挙げた立役者《たてやくしゃ》として表舞台に立ってもらっている。

「はい、実はそのモーテン達は私の部下で、殲滅も私と一緒に行ったんですよ。これはアルカライムのギルドマスターであるクリフォードさんが証明してくれます」

「それは本当なのね？」

「ええ。問い合わせてみてください」

カズコさんは受付にいた女性に何か言い付け、水晶のような物を持ってこさせた。

魔道具だろうか？

カズコさんが魔力を流して操作《そうさ》すると、その水晶から聞き覚えのある声が聞こえてきた。

「もしもし？　いったいどうしたんだい？　カズコちゃんの方から連絡してくるなんて珍しいね？」

「久しぶりねクリフォードちゃん。ちょっと聞きたいことがあるんだけど、いいかしら？」

「いいよいいよ、なんでも聞いてよ」

相変《あいか》わらずフランクな男だな。しかもお互いちゃん付けで呼ぶとは、仲が良さそうだ。

「ケンゴちゃんって男の子、知ってる？」

すると、クリフォードさんの声のトーンがいきなり下がった。

「何かあったのかい？」

「実はそのケンゴちゃん、こっちでは指名手配されてるの。今、目の前にいるんだけど、本人は冤罪だって言うのよ。どう思う？」

「罪状は？」

「洗脳と誘拐。あと、嫌疑で強姦と殺人、さらに黒の外套と繋がっているってとこね」

「多分それ、全部冤罪で間違いないと思うよ」

ありがとう、クリフォードさん、あなたを信じて良かった。

「僕はアルカライムでのことしか知らないけど、彼はこの街の住民を野盗から救ったり、黒の外套による誘拐事件を解決したりしているよ？　それに黒の外套のアジトの場所や抜け道等の情報も隠さず教えてくれたし、連中に関連する貴重な魔道具も提供してくれた。彼と関わった住人——武器商や奴隷商からの評判もかなり良い。悪い噂はアルカライムでは一切ないよ」

「それは嘘ではないのね？」

「僕がカズコちゃんに嘘をつくと思うかい？　確かに気配がなくて素性《すじょう》は知れないし、嫌《いや》味《み》も言う。顔もぱっとしない男だけど、悪い人間じゃないと思うよ。なんだったら、彼の身の潔白《けっぱく》はこの僕とアルカライム領主が連名で証明するよ」

一言も二言も多いが、カスミちゃんと揉めたことも隠してくれているし、本当に頼《たよ》りになる。

「それほどの男なのね？　わかったわ、ありがとう、クリフォードちゃん。また今度一緒に飲みに行きましょう」

「うん、楽しみにしているよ。あと、王都にも黒の外套の抜け道があるらしいから、後で彼に教えてもらうといいよ」

「ええ、わかったわ、それじゃまたね」

水晶での通信を切り、カズコさんがこちらを振り返った。先ほどまでの剣呑《けんのん》な雰囲気がなくなっている。

クリフォードさんのおかげで交渉がしやすくなった。

「それで……私の嫌疑は、少しは解消《かいしょう》されましたか？」

「ええ、黒の外套との繋がりや殺人あたりの嫌疑は、もう無視してもいいわね。アルカライムでの情報しかないけど、それでも十分な功績だと思うわ」

ちょっと待て、強姦の嫌疑がなくならないのは何故だ？　エレナ達を連れているからか？

でも俺、そんないやらしい顔をしているかな？　いや、まだ大丈夫、忘れているだけかもしれない。

「次は、罪状の洗脳と誘拐の説明ですね」

「強姦を忘れているわよ」

やっぱり……

周囲の目も完全に強姦魔を見る目になっている。

「そうですね。強姦も説明しないといけませんね」

「当たり前よ。誘拐して洗脳したあと強姦なんて、決して許せないわ。全女性の敵だもの、もし本当なら、極刑《きょっけい》ね」

カズコさんの言葉で、一層みんなの視線が厳しくなった。絶対俺が犯人だと思ってるよ、これ。

だが、身の潔白を証明する手段が俺にはない。どうしよう……

「説明はしてくれないのかしら？」

「説明したいのは山々ですが、現状無実を証明する手段がなくて、少し考えていたんですよ」

「あら、正直《しょうじき》ね。でもどうするの？　このままだと私達はあなたを捕縛しないといけなくなるわよ？」

「少し考える時間を……」

しどろもどろになっていると、鎮火《ちんか》したエレナが突然話に割って入ってきた。

「ケンゴ様、そんなに悩《なや》まなくても大丈夫ですよ」

妙に自信たっぷりなエレナに対して、カズコさんが首を横に振る。

「エレナちゃん？　洗脳されている疑いのあるあなたの証言は、証拠《しょうこ》として採用できないわよ？」

「証言が駄目なら、客観的《きゃっかんてき》に調《しら》べられる証拠を用意すればいいだけのことです」

「そんなもの、あなたに用意できるのかしら？」

「ええ、とても簡単なことですよ。私の身体にあります」

エレナの身体？　まさか……

「私は男性経験がありません」

エレナが発言した瞬間、ギルド内の時間が止まった。

その言葉の意味が理解できないかのように、誰もが呆《ほう》けた顔をしている。

おいおい、どうするんだよ、この空気。完全に俺の手には負《お》えない状況だ。

「ケンゴ様のためでしたら、いくら調べてもらっても構いませんよ？」

なんと剛毅《ごうき》な女なのだろうか。召喚した直後は裸を見られるのを恥《は》ずかしがっていたのに、どんな心境の変化があったんだ？

するとどういうわけか、マリアとリンからも援護射撃《えんごしゃげき》があった。

「あの……私も経験はありません……」

「わわ、私も……」

マリアは恥ずかしそうに下を向き、リンに至ってはまるで茹《ゆ》で蛸《だこ》みたいに顔を真《ま》っ赤《か》にしている。

さらによく見ると、先ほど奴隷商で購入した錬金の女性とサラまで、何か覚悟を決めたような顔つきをしている。

いや、言わなくていいからな？

俺は慌《あわ》てて首を横に振り、ジェスチャーで二人に伝えようと試みたが……

「私は経験あるよ。けど、相手はご主人様じゃないね」

全然伝わらなかった……

「………」

声が出ないサラは、ただ頷いているだけなのでどちらかわからない。

周囲の男達は期待に満ちた眼差《まなざ》しでサラに注目している。

いやいや、答えさせないからな？ 歌姫の性事情など、スキャンダルになってしまう。

しかし、ギルドの男どもがエレナ達を見る目が先ほどと明らかに変わった気がする。

俺のせいでみんなに申し訳ないことをしてしまったな……

「それで、調べるのですか？ 調べないのですか？ 早く決めてください」

「いいえ、結構よ。むさ苦しい男達の前で乙女《おとめ》に恥をかかせるのは、私の矜持《きょうじ》が許さないわ。その覚悟に免《めん》じて、今回は信じましょう」

　エレナ達を調べる方に期待していたのだろう、男どもの落胆《らくたん》ぶりが凄《すさ》まじい。

「それでは、ケンゴ様の容疑《ようぎ》は晴れたと考えていいのでしょうか？」

「そうね。あなた達を見ていると誘拐や洗脳の線も薄そうだしね。でもそれなら、何故こんな指名手配が出たのかしら？」

「それはそちらが調べることでしょう？　もし詳細《しょうさい》がわかったら教えてください。この騒ぎの報《むく》いを受けさせなければなりません」

「調査の結果を教えるのはいいけど、あなたが手を出したら駄目よ。犯罪になるわ。必ず罰は与えるから、心配しないで」

「わかりました、あなたを信じましょう。念のため、王都で私達の身分を証明する物を提示します。ケンゴ様、例のメダルをお願いします」

「例のメダル？　ああ、お姫様に貰ったやつか」

　俺が収納袋から一枚のメダルを取り出した瞬間、カズコさんが出会ってから今日一番の驚いた顔を見せた。

「これは王家のメダルじゃない⁉　ケンゴちゃん、いったいどこでこれを手に入れたの？」

　カズコさんの食いつきを押し止め、エレナがぴしゃりと言い放つ。

「どこで手に入れたかは関係ないんじゃないですか？　これを持つケンゴ様は、王家がその存在を認め、保護しているお方です。それを指名手配するなど、王家を疑うも同然です」

「確かにその通りだわ。これは詳しく調べる必要があるわね」

凄いな、このメダル。特に王都に住む人には絶大《ぜつだい》な効果があるんじゃないか？

「冤罪だとしたら本当に申し訳ないことをしたわね。王都のギルドを代表して、副ギルドマスターである私が、ここに謝罪するわ。本当にごめんなさい」

エレナがこれ以上何か言う前に、俺が割って入って間を取り持つ。

「いえいえ、構いませんよ。カズコさんも指名手配されている人間を捕縛しようとしただけですし、気にしないでください。それに、こちらも謝らないといけません」

「あら、あなたが謝らないといけないことなんて何かあったかしら？」

「はい、実はうちの者が吹き飛ばしたあの男性ですが……」

「あぁ、気にしなくていいわよ。私が動かしたんだから、治療費はギルドが持つわ」

「いえ、恐らくあの男性は所有しているスキルを失っています」

そう伝えながら視線を戻すと、目の前には先ほど謝罪した時の笑顔が嘘のような、鬼の形相《ぎょうそう》のカズコさんがいた。

「スキルを失う？　……それはどういうことかしら？」

これは黙っていた方が良かったかな……

俺は後悔しながらも説明を始めた。

「実は、うちの子の一人が特異な体質でして、その子に触《ふ》れると所持《しょじ》しているスキルが消失してしまうんですよ」

「信じられないわ……」

「間違いありません。スキルが消失したら具合が悪くなる症状《しょうじょう》が見られるので、恐らくあそこに倒れている男性達はスキルを失っています」

「もし本当なら一大事よ。少しここで待っていて」

そう言うと、カズコさんは奥の部屋に戻って、以前クリフォードさんのところで見たステータスを確認できる水晶を持ってきた。

そのまま倒れている男性を介抱しながら水晶を使用し、何度か言葉を交わす。

少しして、ステータスを確認できたのか、彼女はこちらに戻って来た。

「確かに、ケンゴちゃんが言ったとおりにスキルが全てなくなっていたわ。以前からこういうことはあったのかしら？」

リンの奴、スキル全部取っちゃったのか。最近だいぶユニークスキルにも慣れてきて、強奪するスキルをある程度は任意に選べたはずだが。

まぁ、襲ってきたのは向こうだし、仕方がないか。

「ええ。この子らはアルカライムの奴隷商で購入した奴隷なのですが、奴隷に落ちる前からスキル消失の呪い子として迫害《はくがい》を受けていたみたいです。私が購入した時も、酷い状態でしたよ」

その言葉を聞き、カズコさんが眉をひそめた。どうかしたのだろうか？

「そう、その子も被害者なのね。たまにあるのよ、原因がよくわからないけど周囲に悪影響を与える子が生まれることが。大抵は早々に間引《まび》かれるけど、その子達はちゃんと育てられたのね」

いや、全然ちゃんとはしていなかったぞ。最終的には殺されかけていたしな。

けれど、彼女の話を聞く限り、この世界ではユニークスキルはほとんど認知されていないようだ。

ユニークスキル持ちの子が生まれたら、どうにかしてこっちで引き取る手段を考えないといけないな。

〝原因がよくわからない〟なんて理由で殺されたら、あまりにも不憫《ふびん》だ。

スキルが悪いだけで、その子に罪はない。

「この子も、わざと周囲に悪影響を与えているわけではないですからね。今は回復して私の従者として働いてもらっています」

「でもそうなると、あの男のスキルを取り戻すことは厳しそうね」

「そうですね。以前のスキルを取り戻すのは不可能でしょう。新しくスキルを取得できるように努力するしかありませんね」

「やっぱりそうよね。襲いかかったのはこちらだから、相手に賠償請求《ばいしょうせいきゅう》するわけにはいかないし……困ったわ。……スキル消失の補償《ほしょう》なんて事例はないし、どうしようかしら」

「スキルがなければ冒険者として食べていくのは少し厳しくなると思うので、新しくスキルを獲得する手助けと、それまでの生活を保障してあげれば良いのではないでしょうか？」

「そうね、その辺が落とし所だとは思うわ。でも、いきなり今まで培《つちか》ったスキルが全てなくなると、気持ちの整理が追いつかないでしょうね」

「そうですよね。何か私達にできることはありますか？」

「申し訳ないけど、何もないわ。できれば今日はこのまま帰ってもらえると助かるわ。彼らも、あなた達がいると心穏やかにいられないと思うから」

　どっちが被害者だかわからなくなってしまったな。

「わかりました、ではまた日を改めて出直します」

　そう言い残すと、俺はエレナ達を連れてギルドを後にした。

　入り口付近にいた男達からもの凄く険しい目を向けられたが、こちらは正当防衛しただけである。

情報を精査《せいさ》せずに強硬《きょうこう》手段に出たギルドの方を責《せ》めるべきだ。

それにしても、俺を指名手配したのは誰だったのだろうか？

俺はまだ見ぬ犯人のことを考えながら路地裏《ろじうら》に入り、みんなを連れて拠点へと転移した。

そういえば、黒の外套が使用している抜け道、教えるのを忘れていたな。まあいいか……

お姫様救出大作戦

拠点に戻ると、今日買った三人の奴隷達が突然の転移に驚きの声を上げた。

そんな中でも一際《ひときわ》大きな声を出したのが『魔道具製作』スキルを持つ男だ。

「これは‼　これは『空間魔法』ですか⁉　それにあの街灯《がいとう》！　ずいぶん光量が多いですが、どういう作りなんですか？　ここには他にも魔道具はあるんですか？」

ビックリするからいきなり声を張り上げるのはやめてほしい。

興奮《こうふん》しながら俺を問い詰《つ》めてくる男を、エレナが窘《たしな》める。

「なんですか、いきなり？　ケンゴ様が困っているでしょう？」

「『空間魔法』ですよ⁉　あの伝説の‼　興奮しないわけないじゃないですか‼　これであの勇者が持つスキル『アイテムボックス』を再現する物が作れる可能性があるんですよ⁉　あなたこそ、なんで冷静でいられるんですか？　正気《しょうき》ですか⁉」

いや、正気じゃないのはお前だろう。

エレナ相手にここまで強気に出られる人間は久しぶりに見た。

「アイテムボックスを再現？　この収納袋のことですか？」

そう言ってエレナは自分の収納袋を差し出すが……今そいつに教えたらまずくないか？

「まさかそれは……」

「ケンゴ様がお作りになられた収納袋ですよ。『時空間魔法』によって中の空間が拡張《かくちょう》され、収納した物の時が止まります」

「うおおおおおおおおお！　『空間魔法』より上位の『時空間魔法』だったなんて‼　もう神話の世界の話じゃないですか‼　ご主人様は凄すぎます‼　まさか……まさか、神様なんですか⁉」

「神様そのものではありませんが、神様からこの世界に遣《つか》わされた使者様であらせられます。その使者様のもとで従者として働ける栄光を噛《か》みしめながら、励《はげ》みなさい」

なんだろう、エレナは誇《ほこ》らしげに説明するものの……

周囲を見てみろ。全員その男にドン引きしているぞ。

「はい‼　奴隷に落ちた時はもう駄目だと思ったのに、まさかこのような幸運に巡り合うとは‼　生きていて良かった‼　ご主人様‼　できれば他の魔道具も見せていただきたいのですが、よろしいでしょうか⁉」

駄目だ……この人のテンションに全くついていけない。

エレナだけが満足そうに『魔道具製作』の男を見ている。とりあえず彼女に任《まか》せるか。

俺は男に拠点の魔道具を調べる許可を与え、エレナにはその案内を指示した。

二人を見送った後、残った女性陣《じん》に拠点について説明しようとしたのだが……『錬金』の女性も何やら日を輝かせている。

「あの……ご主人様は本当に神様の使者様なんですか？」

ああ、まずはそこからか。

面倒だが、説明しないわけにはいかないよな……

「実は、俺は元々別の世界……恐らく最近召喚された勇者達と同じ世界に暮らしていたんだ。ところが、神様のお願いで急遽《きゅうきょ》この世界に来ることになってね。エレナ達は大げさに使者だとかなんとか言っていたけど、俺はごく普通の〝一般人〟だから、そんなに気を遣わなくてもいいよ」

『錬金』の女性が呆れ気味《ぎみ》に応える。

「いえ……たとえ一般人だとしても、今は私達のご主人様なんですから、気を遣いますよ。そもそも一般人は、神様と会ったり、伝説の『時空間魔法』を使ったりできません」

そんなものなんだろうか？　確かに神様から貰った力は凄い気がするが、俺は前世も今世も一般人を自称するのをやめるつもりはない。

よく見るとサラも後ろで頷いている。

しかし、この世界では神様の存在がかなり大きいんだな。神話の時代に何かあったのかな？　いずれ機会があれば調べてみたい。

「それと、ご主人様は勇者様と同じ世界から来たと言ってましたけど、ご主人様も勇者様なんですか？　それとも、逆に勇者様も神の使者なんでしょうか？」

「それは俺も気になっているんだ。でも、実際勇者に会ってみないことにはわからないな。一応、神様は召喚するのは俺一人だと言っていたけど、実際来てみたら、同じ世界出身と思《おぼ》しき勇者も召喚されていたからね。いずれ会いに行って確かめるよ。その時まで待っててね」

「はい、何かわかったらぜひ教えてください。錬金術を嗜《たしな》む手前、古文書《こもんじょ》や歴史関係の本を読むのが好きなので。特に、神の使者や勇者様の話なんて、ここ数千年なかったことですし、とても気になります」

勇者召喚も数千年単位なのか。たまたま今回の召喚が被《かぶ》ったのだろうか？　でも数千年単位のものが被るとか、いったいどれくらいの確率になるんだ？

誰か答えを教えてほしい。

とりあえず、勇者に会えるまでは置いておいて、先にするべきことを済ませよう。

一通り拠点について説明を終えたところで、俺はサラを呼んでこれから治療を開始すると告《つ》げる。

拠点に来てすぐに治療するとは思っていなかったのか、彼女はとても驚いている様子だ。

「大丈夫、すぐに声を出せるようになるから」

俺はそう声を掛けながら、彼女の喉に優しく手を添《そ》える。

いつも通りに回復魔法を掛けていくと、やはり声帯周辺がダメージを負っているようで、喉元《のどもと》に少し手応《てごた》えがあった。いきなり魔法を掛けられたせいか、少し身体が強張《こわば》っている。

「ああ、これは申し訳ない。今日初めて会った男に触れられるのは嫌だったかな？」

サラは首を少し横に振って否定する。

「なら良かった。すぐに終わるから、少し我慢《がまん》してね」

十分くらい経ち、ようやく回復魔法に手応えがなくなった。

いつの間にか周囲にはマリアやリンをはじめ、拠点の何人かが集まって、固唾《かたず》を呑《の》んで俺の魔法が収束していく光景を見守っていた。みんな心配していたのだろう。

大丈夫だ、恐らく治っている。

俺は治療を終え、一歩だけ離れてからサラに声を掛けた。

「たぶんもう喉は治っているから、ゆっくり声を出してごらん」

彼女は頷きながら喉を確かめるように手を添えて、少しずつ声を出しはじめた。

「あ……ああ……声が……声が出ます……」

自分の声を聞いて感極《かんきわ》まったのか、サラはその場で大粒《おおつぶ》の涙を流しだした。

周囲の女性陣ももらい泣きしている。治って本当に良かった。

だがどうしよう、予想以上に大泣きしている。

俺にこの涙を止める手立てはない。

とりあえず俺は、マリアとリンを治療した時と同じように、彼女の気が済むまで頭を撫《な》で続けた。

しばらくして少し落ち着いたのか、サラはようやく泣き止んだ。

「あ……あの……ありが……とう……ござい……ま……す。この……ご……恩は……必……ず……」

そう言って、サラはいきなりこちらに頭を下げた。

お礼なら奴隷商のグレイブにしてあげるといいだろう。

「気にしなくていいよ。恩を着せるために助けたわけではないし。まだ治ったばかりで声帯も思い通りに動かないと思うから、慣れるまでこの拠点で療養《りょうよう》していてほしいんだけど、問題ないかな？」

「は……い……」

よかった。取りあえず泣き続けている二人をマリアとリンに任せ、俺は次の作業を行うために中央の広場に移動した。

さて、次はお姫様を襲っていた奴らの召喚だ。

最近拠点も活気づいてきているので、人員を増やしても問題ないだろう。

俺は早速『念話』を使い、手の空《あ》いている奴らを集めて魔石の採取《さいしゅ》を始めた。

野盗の死体を収納袋から出し、魔石を採取するのだが……これがなかなか上手くいかない。

結局、俺が四苦八苦《しくはっく》しているうちに他の奴らが手際良《てぎわよ》く終わらせてしまった。

俺は一個も魔石が取れていないのに、何故だ……

何かコツでもあるなら誰か教えてほしい。

気を取り直して、俺は目の前に集められた魔石で召喚を開始した。

召喚自体はすぐに体が構成されて終わるものの、四十人弱の男女が裸で並ぶとやはり壮観《そうかん》である。

タトゥーの場所は人それぞれ違うが、似たような場所にある人もいる。何か法則性でもあるのだろうか？

とりあえず、拠点で作っている簡易服《かんい》を着てもらいつつ、元山賊の頭目《とうもく》のオルドにこいつらの世話をするように指示を出した。

次の仕事に取り掛かる前に、こいつらには聞きたいことがある。

「この中で、お姫様を襲った理由を知っている奴はいるか？」

俺の質問に答えるように、十人ほどが手を挙げた。

「じゃあ、今手を挙げた人は俺に襲撃の内容を教えてもらえるか？　残りはオルドについて行ってくれ」

オルド達が去り、場が落ち着いたところで、一人の男が前に進み出た。

「では、私めが説明させていただきます。まず私の名前はジャックと申します。王都で黒の外套を取り纏めていた一人でございます。以後お見知りおきを。我々は帝国の依頼により、王国を攪乱《かくらん》し、ナミラ平原の決戦での勝利を確実なものとするために、王女の誘拐を計画していました。私達の担当はご主人様もご存じの通り、クリスティーナ・エリザベート・アン・エスネアートです」

また黒の外套か……本当にどこにでもいるな。

あれ？　よく考えたら、うちの拠点の人間は半分くらい元黒の外套じゃないか？

それはさておき、俺はさらに詳しい情報を聞くために、ジャックに続きを促した。

「殺害ではなく、誘拐するってことは、何か目的があったのか？」

「はい。王国を脅《おど》し、ナミラ平原での決戦を有利に進めるのが主目的です。もちろん、帝国が王国を滅ぼすまで有効に利用する予定でした」

帝国は勇者を召喚して、正義の名の下《もと》に魔王を討伐するために、各国が保有する前魔王の魔石を求めているんだよな？

王女を誘拐して、あまつさえ国を滅ぼすなんて、どこぞの魔王より非人道的だろ。召喚された勇者達は大丈夫なのだろうか？

一時はちゃんと国に召喚された勇者の境遇を羨《うらや》ましいと思ったが、これは逆に召喚場所が海辺で良かったのかもしれない。

「それで、俺が助けたお姫様以外の誘拐は成功していたのか？」

「はい。第一王女の誘拐に成功したとの報告は聞きました。しかし、第二王女に関しては、第三王女と襲撃が同じ時期でしたので、詳細はわかりません」

第一王女はもう捕まっているのか。だとすると、第二王女も囚《とら》われていると考えた方がいいな。

ナミラ平原の決戦はただでさえ王国側が不利という噂なのに、これによって何か問題が起きては面倒だ。うちの拠点の奴らが邪魔《じゃま》されたり、怪我したりするのは見過ごせない。

「ジャック、第一王女が捕らわれている場所はわからないのか？」

「定期的に場所を変えているので、現在どこに捕らえているかは不明です。王都の拠点に戻ればわかるかもしれませんが、私が誘拐に失敗したことは既に知れ渡っているでしょうから、望み薄かと」

うーむ、何か良い方法はないかな？

第一王女も第二王女も面識《めんしき》がないから『追跡《ついせき》』スキルは使えないしな。

「唯一知っている第三王女が捕まっていてくれたら、それを手がかりに拠点の場所を割り出せるけど……まさかあの後捕まったりはしていないだろう」

そう言いながらも、ものは試《ため》しとばかりに『追跡』を起動。検索対象を第三王女にセットし、マップと併《あわ》せて表示する。

お姫様は問題なく王都にいた。

「やっぱりそう上手くはいかないよな。今頃城下町で買い物でもしてるのかも」

しかし、マップを覗《のぞ》き込んだジャックが首を捻《ひね》る。

「おかしいですね。王女達は滅多《めった》に城を出ません。まして今は戦時中です。王女が城下町を出歩くとは考え辛いです。私達も、王女が各領主への援軍要請のため、特別に外部へ出るという情報を掴み、ようやく襲撃を決行できました」

「だとしたら、王女は城下町で何をしているんだと思う？」

「私が失敗したことを受けて、控《ひか》えの部隊が動いて王女を捕獲した可能性があります。特に地図上のこの位置は、我々が使用している王都の隠《かく》れ家《が》の辺りです」

マジか……俺が助けた意味がなくなったな……

早く王城に戻りたいのはわかるが、護衛の大部分を置き去りにしたりするから捕まるんだよ……

少し危機感が足りないんじゃないか？　本当に勘弁してほしい。

しかしこれで恐らく、王女達は全員捕まってることになる。

いや、ちょっと待て。どうするんだよ、これ。

実は黒の外套はかなり優秀《ゆうしゅう》な集団なのかもしれない。

俺達が介入《かいにゅう》しなかったら、ジャック達はもちろんだし、アルカライムの一件でも問題なく誘拐を成功させていただろう。

「ご主人様、もし助けに行くのでしたら、なるべく早く……できれば今夜が良いと思います。私であれば、一度王都の隠れ家で態勢を整《ととの》え、翌日には帝都に向けて移動を開始するでしょう。王都への出入りは黒の外套のみが使える抜け道を使いますので誰にもバレることはありません。先ほどご主人様はナミラ平原の決戦に参加されると仰っていましたが、王女は助けておいた方が有利に事が運ぶ可能性があります。どうかご一考をよろしくお願いいたします」

やはりジャック達は優秀だ、間違いない。召喚されて間もないのに、こちらの事情を把握して的確な意見を出す。

これから黒の外套と対峙《たいじ》する時には注意するようにしよう。

さてそうなると、今晩は王女を助けるために王都へ行かないといけないな。

一応ゴブ一朗達にも相談するが、王都の中には連れて行けない。王都に魔物が入ったと知られれば、大騒ぎになる。

どうしようか？

とりあえず、代表を集めて会議でも開くか。

そう考えていると、こちらに走ってくるゴブリンが見えた。

「どうかしたのか？」

ゴブリンは手に持った魔石を差し出してくる。これをどうにかしてほしいのだろうが……

「ゲギャ！　ゲギャギャギャ!!　グギャギャギャ!!」

うん、何言っているか全然わからない。

「ゴブ一朗先輩という方から、先日得た収穫物《しゅうかくぶつ》をご主人様に召喚してもらうように指示を受けているみたいですね」

俺が首を傾げていると、ジャックがすぐに通訳してくれた。

大した洞察力《どうさつりょく》だ。これで黒の外套では幹部《かんぶ》止まりとは……

我が拠点ではトップクラスの人材だ。これから拠点のために頑張ってもらおう。

しかし、ゴブ一朗がわざわざ召喚を願い出るなんて珍しいな。

何か変わった奴でも倒したのだろうか？

俺はジャック達をその場で待機させ、すぐにゴブリンから受け取った魔石を召喚していく。

数は十六個ほど。いつも通り、次々によくわからない魔法陣が展開される。

今回はかなり背が低い者ばかり。背丈《せたけ》からして子供か？　だが、髭《ひげ》を生《は》やしたおっさん顔の奴もいる。小人だろうか？

そんな中、ジャックが呟《つぶや》いた。

「ドワーフですか。珍しいですね」

「ドワーフ？」

あのよくファンタジーに出てくる、酒好きで有名な？

俺は初めて見る小柄なおっさんに驚きながら、ジャックに問いかけた。

「恐らく間違いないと思いますよ。小柄で髭を蓄《たくわ》えた風貌《ふうぼう》は個性的です。何より、女性にもドワーフの女性特有の立派な髭が見て取れます。十中八九ドワーフでしょう」

俺にはドワーフの外見的特徴《とくちょう》は正確にわからないが、ジャックがここまで断定《だんてい》するなら間違いないのだろう。

そうこうしているうちに、無事に召喚が終わった。

さて、どういう経緯《けいい》でゴブ一朗達に回収されたのか、とりあえず一番年上っぽい男性に聞いてみよう。

「初めまして、俺の名前はケンゴだ。いきなりで申し訳ないけど、生前のことを教えてもらえるかな？」

「儂《わし》の名前はゴランという。儂らは諸事情でドワーフの国――グランデルグ王国を抜け、このフルネール大森林に集落を築いた。酒や鍛冶を生業《なりわい》として、周囲の他の集落や他の種族と協力して細々と暮らしておった」

なんてことだ、拠点の周囲には他の種族の集落があったのか。全然気がつかなかった。

これは今後、交流等で会う楽しみが増えたな。

しかし話した感じ、ゴラン達はこちらに敵愾心《てきがいしん》を抱《いだ》いているわけではなさそうだ。いたって普通の一般人という感じである。何故ゴブ一朗達に殺されたのだろうか？

「ある日、突然集落の外にゴブリンやウルフなどの魔物達に人間も交ざった奇妙《きみょう》な集団が現れた。その中の人間がいきなり〝ここは今からケンゴ様が統治《とうち》する国の領土となる。降伏すれば苦しませずに殺してやる。抵抗した場合は、それを後悔するように殺してやる。選べ〟などと言い出した。その時の儂らはケンゴ様が誰かも知らないし、黙って殺されるわけにもいかなかったので、抵抗を試みたのだが……結果は見ての通り、一人残らず殺された」

あいつら……いったい何をやってるんだよ……

俺は思わず頭を抱《かか》えた。

ゴランの話を聞く限り、ゴブ一朗達がゴラン達の集落を問答無用で襲い、略奪《りゃくだつ》したことになる。

これじゃあオルド達が以前やっていた山賊となんら変わらない。

いや、どっちを選んでも殺すんだから、山賊より性質《たち》が悪い。

ゴブ一朗達は拠点内だととても優秀で良い奴らなのに、なんで外部の者達には厳しいのだろうか？

俺が頭を抱えてうずくまっていると、ジャックが問いかけてきた。

「ご主人様は何をそんなに悩まれているのですか？」

「いや、聞いてただろ？　うちの拠点のゴブ一朗達がやらかしたことについて、悩んでいるんだよ……」

「そのゴブ一朗という方は、魔物なのですよね？」

「ああ、そうだ。それがどうした？」

「ええ。魔物が力を蓄え、自らの拠点の周囲の集落を襲って縄張《なわば》りを広げていくのは、ごく普通のことです。今回、それがドワーフの集落だったというだけでしょう。しかも、確かに一度は殺しましたが、ご主人様の力で蘇生《そせい》までしている。気《き》に病《や》む理由が見当たらないのですが、何か他に問題があるのですか？」

それを聞いて俺は驚愕した。

これが普通だと？

いや、あくまで俺の考え方は生前地球で身についたもの――いわば人間が中心の倫理《りんり》観《かん》だ。

しかし、この世界で魔物として生まれ、魔物として育ったゴブ一朗達からしてみれば、俺の考え方の方がおかしいのか？

……違うな。言葉が通じないからと、自分の意思をきちんと伝えていなかった俺が悪かったのだ。

しかも、これと似たようなことが前にもあった気がするが……そうか、思い出した。

エレナだ。彼女の考え方も、どちらかというと魔物寄りの考え方をしているのかもしれない。

あの子は外部の人間にもの凄く厳しいからな。

最初に召喚した後にゴブ一朗達に任せたのは失敗だったたな。完全に影響を受けている。

前に〝やっぱりゴブ一朗先輩は間違っていなかった〟とか言っていたし、間違いないだろう。

俺はジャックの言葉にさらに深く頭を抱えることになった。

とりあえず、今晩お姫様救出作戦を練《ね》る時に、俺の考え方を一度みんなに話してみよう。

俺は思考に区切りをつけ、ゴラン達に向き合う。

「今回の件は本当に申し訳なかった。突然集落を襲撃されて混乱したことだろう。全て俺の責任だ。希望があれば集落まで送り届けるし、元の生活が送れるように尽力《じんりょく》する」

そう言って、俺は誠心誠意《せいしんせいい》頭を下げた。しかし、ゴランは意外な言葉を口にする。

「いえ、できれば儂らもここの拠点に置いてほしいのだが、無理だろうか？」

ん？　どういうことだ？

「襲撃した奴と同じ拠点で暮らすんだぞ？　恨《うら》み辛《つら》みとかないのか？」

「儂らに恨みは一切ない。むしろ襲撃してきた者達の言葉が正しかったのだと、今ではよく理解できる。ケンゴ様のことを知らぬ儂らが愚《おろ》かだったのだ」

いやいや、その考え方はおかしいぞ。問答無用で殺されたのに、急にゴブ一朗達に理解を示すとはどういう心境の変化だろうか？

しかも、いきなり俺を絶対視《ぜったいし》している。まさかこれはスキルのせいなのか？

こちらが殺した相手でも、召喚すれば問題なく会話が成《な》り立つし、ゴブ一朗達魔物勢も最初から言うことを聞いてくれた。

この拠点で俺を敬《うやま》ってくれるのは、ほとんど従属化のタトゥーが入っている奴らだ。

あぁそうか、ゴブ一朗達があのような行動に出るのはこのスキル――いや、俺のせいなのか……。

恐らく、この従属化や『召喚』スキルは、従属というよりも隷属《れいぞく》に近いものなのだろう。

無条件で主人に恭順《きょうじゅん》し、その主人のために行動を起こし、命も惜《お》しまない。

……どうしてこんなことになってしまったんだ。

俺は一度拠点に視線を巡らせてから、その場で項垂《うなだ》れた。

そんな俺を、ジャックやゴランは不思議そうに見守るのだった。

＊＊＊

あれからジャック達と別れた俺は、ようやく落ち着きを取り戻し、拠点の広場で椅子とテーブルを作りはじめた。

これから行われるお姫様救出大作戦の会議会場を準備しているのだ。

『土魔法』で円卓を作り、みんなが認識しやすいように、マップから型を取って作った王都のミニチュアも完備《かんび》している。抜かりはない。

既に拠点の各代表達には、手が空《あ》き次第広場に集合するように招集《しょうしゅう》を掛けてある。

また、代表以外の暇《ひま》な人にも念話で呼びかけたので、そこそこの人数が集まるだろう。

円卓の周りにはみんなが座れる席を設《もう》けてある。

今回、お姫様救出大作戦の他にもこれからの方針を話し合う予定だ。

話を聞く者は多い方が良い。

やがて、少しずつだが広場に人が集まりだした。

みんな気さくに挨拶《あいさつ》を交わし、談笑《だんしょう》しながら席に着いていく。

本当に、拠点の中ではみんな〝良い奴〟なんだよな。

それから三十分ほどで各代表も集まり、みんなの着席を確認後、会議を開始した。

「急に招集して悪かった。今回の議題はさっき念話で話した通り、王都に捕らわれている第三王女様の救出だ。何か良いアイデアがある人はいるか？」

するとゴブ一朗が早速手を挙げた。

「ゲギャギャ、グギャッゲギャグギャ」

みんなこちらを見て俺の返答を待っている。

「知っての通り、俺はゴブ一朗達の言葉がわからない。まず、通訳係を決める必要がある。誰かいないか？」

俺が通訳を探して見回していると、立候補しようとしていたエレナに先んじて、ジャックが立ち上がった。

「それでは私がその役目を担《にな》いましょう」

ヤバい。エレナがもの凄くジャックのことを睨んでいる。

いや、別に誰でもいいんだから、そんなに睨まなくてもいいんじゃないか？

しかし、ジャックも動じずに涼《すず》しげに返す。

「すみません、エレナさん。今回は私達黒の外套が関わっている案件です。新参者の私が会議で発言しやすくなるように、まず通訳として各代表に覚えていただけると、何かと都合が良いのです。申し訳ありませんが、今回は譲っていただけませんか」

ジャックにそう言われると、エレナは渋々了承《しぶしぶりょうしょう》するしかなかった。

瞬時にこんな答えが出てくるとは、俺とは頭の出来が違いすぎる。

「それで、ゴブ一朗はなんて言っていたのかな？」

俺の問いかけにジャックが頷いて、通訳を始めた。

『王女とやらを救出に行くのは構わないが、どういう経緯で捕まって、どこに捕まっているのかを詳しく教えてほしい。でないと、誰を向かわせて、何をすればいいのかわからない』

え？　あのゴブ一朗が発した短文がこんな長文になって返ってくるとは思わなかった。

ゴブリンの言語はどういう文法で構成されているのか、とても気になる。

俺がゴブ一朗に王女達のことを説明しようとしたら、代わりにジャックが答えた。

「でしたら、僭越《せんえつ》ながら私が簡単に説明させていただきます。ご主人様達が参加するナミラ平原の決戦に備え、帝国は王国の王女達を捕獲しました。これにより、裏から様々な揺《ゆ》さぶりを掛けてくることは必至《ひっし》です。このままだと王国側に加勢するご主人様が危険な状況に追い込まれる可能性があります。そのため、帝国本隊に王女達が引き渡される前に、奪還《だっかん》する必要があるのです。それに、王女達を取り戻せば王国でのご主人様の地位も向上し、色々と有利に働くかもしれません」

「あれ？　ジャックは俺達がナミラ平原の決戦に参加するって知っていたっけ？」

俺はジャックの的確な答えに感心しつつも、素直な疑問を口にした。

「ご主人様が設営している間に、この拠点の現状はあらかた聴取《ちょうしゅ》済みです」

こいつ、完璧《かんぺき》すぎるんじゃないか？

「それで、今回の王女救出作戦ですが……現在、王都のとある屋敷に第三王女が捕らわれています。これはご主人様のマップで確認しましたが、黒の外套が隠れ家として使用している場所で間違いありません。建物の構造は地上三階地下一階。第三王女がどの部屋に捕らわれているかまでは不明です。さらに、同時期に第二王女も捕獲されていると思われるので、同じ屋敷に拘束《こうそく》されている可能性が高いです。そのことを踏《ふ》まえて、襲撃を行うべきと進言いたします」

ジャックは俺が作った王都ミニチュアを指し示しながら、ゴブ一朗達に詳しく説明していく。

この調子なら、エレナが通訳係をしてもジャックはみんなに覚えられたんじゃないか？

地図を見ながら、ゴブ一朗が唸《うな》る。

『ということは、敵を無力化する者と王女を捜索《そうさく》する者が必要だな。誰か行きたい奴はいるか？』

「すまん、言い忘れていたが、そこは王都の中だ。目立つ魔物であるゴブ一朗やポチ、うさ吉《きち》に熊五郎《くまごろう》とかは行けないからな？　見つかったら大騒ぎになる」

その俺の補足説明を聞き、ゴブ一朗達が愕然《がくぜん》として目を見開いた。

まさかこいつら、行くつもりだったのか？

『だが、それだと誰が部隊の指揮を執《と》るんだ？』

「ん？　それはエレナでは駄目なのか？」

エレナは申し訳なさそうに首を横に振る。

「部隊の人数が少ない状況でしたら問題ないのですが、人数が多くなり、さらに部隊を分けることになると、私では厳しいです。やはりゴブ一朗先輩のように指揮に慣れている方が適任かと思います」

そういうものか……

俺はあまり大勢を指揮し、動かした経験がないので、よくわからない。

「なら、指揮する人間を増やしたらどうだ？　最近ダンジョン等で戦闘能力を鍛《きた》えているエレナとマリア、リンを殲滅に回し、王女の捜索はジャックを筆頭《ひっとう》に何人か選別して連れて行けばいい」

しかし、エレナが席を立って抗議《こうぎ》する。

「ケンゴ様‼　さっき召喚されたばかりの新参者を起用するのですか⁉」

「いや、いつ召喚されたかじゃなくて、有能な奴を使うのが正解だろう。こちらの被害を最小にするためにも、頭は優秀であるべきだ。それに、ジャックは黒の外套の内情に詳しい。大丈夫、一応俺もついて行くし、何かあったらすぐに動く」

……通訳係を取られたからって、そんなに目くじらを立てなくてもいいじゃないか。

エレナの視線を涼しげに受け流し、ジャックは一礼する。

「新参者ながらそのような大役を任せていただき、光栄です。必ず成功させてみせましょう」

「ああ、頼む。人選についてはこの後ゴブ一朗達と相談してくれ。あまり大勢では行けないから、少数精鋭《せいえい》で頼むぞ。それで、屋敷にはどう攻め込もうか？」

「私が王女の捜索役でしたら、エレナさん達にはできれば正面《しょうめん》から踏み込んでいただきたい。その間屋敷の周囲に何人か配置して包囲しつつ、私は地下の隠し通路から侵入《しんにゅう》を試みます」

屋敷の地下にそんなものがあるのか。今回黒の外套のメンバーを召喚できたのは、運が良かったな。

「誰かこの案に反対の意見がある奴はいるか？」

『意見はない。そのジャックとやらが屋敷について一番詳しいのなら、その者が勧める作戦でいくのが最も成功する確率が高いだろう』

ジャックはゴブ一朗に続き、うさ吉の言葉も通訳する。

『だけど、王女を回収したらどうするの？　この模型《もけい》だと近隣には他の屋敷も密集《みっしゅう》しているし、周りが騒ぎ立てるんじゃないかな？』

うさ吉はあんなに図体《ずうたい》が大きくなったのに、えらく大人しいしゃべり方だな。

一人芝居《しばい》じみた様子で、ジャックが続ける。

「……と、うさ吉さんは仰っていますが、それはエレナさん達次第になります。問題なく敵を鎮圧《ちんあつ》できれば、ご主人様に屋敷に入ってもらい、中から全員で転移します。ですが鎮圧ができなかった場合、私達は王女を連れ、来た時の地下通路を抜け、そのまま黒の外套が使用する秘密の抜け道で王都を脱出します。エレナさん達は敵を牽制しながら撤退《てったい》してください。さすがにご主人様も側《そば》にいるので、それくらいは問題ありませんよね？」

「あら、言いますわね？　わかりました。見ていなさい、あなたが王女を見つける前に敵を殲滅して、ゆっくり捜索できるようにしてあげますから」

「そうしていただけると助かります」

エレナは対抗心を燃やしているみたいだが、これはジャックが一枚上手《いちまいうわて》なんじゃないか？

彼女を焚《た》き付《つ》けて、思い通りの方向に導いている。これなら大丈夫そうだな。

俺は王女救出大作戦の成功を確信し、新《あら》たな話題を切り出した。

「さて次の議題だが、この拠点や俺達の今後の方針を話し合いたいと思う」

しかし、みんな首を傾げながらこちらを見ている。

『今後の方針を話し合うというのは……主よ、何か変更があったのか？』

「ん？　変更？　俺は方針を定めたつもりはないけど、この拠点には何か方針があるのか？　誰か教えてくれ」

俺の問いかけに、ゴブ一朗が答える。

『主様の存在を世界に知らしめ、いずれこの拠点を中心に主様が世界を掌握《しょうあく》できるようにすること。これがこの拠点の――いや、俺達全員の目的だ』

いったい俺はいつの間に覇道《はどう》を歩みはじめていたのだろうか？

この拠点すら掌握できていないのに、世界を手に入れるとか、一般人の俺には到底《とうてい》不可能だ。

「世界を掌握するなんて無理だろ……」

『いや、問題はない。主様の力を使えば、この世界を統一することなど容易《ようい》だ』

ゴブ一朗は俺を買いかぶりすぎているな。

……いや、厳密《げんみつ》には、俺が神様に貰ったスキルがあれば、世界を簡単に掌握できるという話だろう。

さすがは神様だ、幸運以外はもの凄い。

しかし肝心《かんじん》なのは、俺に世界を統一するつもりがないことだ。

この世界にもいろんな種族がいるし、いろんな文化がある。

これを統一し、一つの国に纏め上げるなど不可能に近いし、何より面倒くさい。

それぞれの場所にいろんな国や人種があって独自《どくじ》の文化を築いて暮らしている——大いに結構、とても良いじゃないか。

できれば、各々を尊重《そんちょう》して、たまにみんなでそうした国に旅などしながら、この拠点でゆっくり暮らしていきたい。

それに、世界統一なんて、俺が最初にこの拠点を捨てずに拡張しようと思った理由とかけ離れているしな。

俺は改めてみんなに宣言する。

「とりあえず、お前達に言っておくことがある。俺は別にこの世界を掌握しようなどとは考えていないからな？」

その時、今日一番のざわめきが会議場全体に広がった。

いやいや、お前ら動揺《どうよう》しすぎだ。エレナなどは俺を心配そうに見つめている。

「あの……ケンゴ様、熱でもあるんですか？」

「いや、いたって正常だ」

だからポーションを用意したり、妊娠《にんしん》中のゴブリンプリースト達を呼んだりしなくていいからな？

「でしたら、何故……？」

「そもそも、なんで俺がこの拠点を捨てずに強化しようと思ったのか、わかる奴はいるか？」

『この拠点を足がかりに、世界を手に入れるのではないのか？』

ゴブ一朗は俺の話が呑み込めず、ポカンとしている。

「先ほども言ったように、世界を掌握する気など毛頭《もうとう》ない。お願いだからそこから離れてほしい」

『だったら、ケンゴ様は先にご自身の国を造ろうとしたのかな？』

「うさ吉……先にも何も、俺は国を造ろうとは思っていない。しかし、結果的にそれに近いものになりつつあるから、それ自体は間違いではないのかもしれない」

「では、ケンゴ様はこの地にご自身の国を造り、何がしたかったのですか？」

代表して質問したエレナに答える。

「そうだな、簡単に言うと、みんなが住める場所を作りたかったんだよ」

「みんなが住める場所ですか？」

まぁピンとこないだろうな。現在この拠点は人数も増え、少しずつ開発も進んできている。しかし、最初は酸っぱい果実の木と土の寝床しかない、本当に小さな拠点だった。

「俺がこの世界に来た時は、特に拠点とか作ろうとも思っていなかったし、いずれこの拠点は破棄《はき》して人里に下りる予定だったんだよ。だけどある日、俺にこの世界で初めての家族ができたんだ。……ゴブ一朗、ポチ、うさ吉、お前達だ」

それを聞いたゴブ一朗達は驚いたように目を見開いた。

「そこにエレナが加わり、近くに人里があると知った。もちろん、俺の目的は人が住む場所に行くことだったから、そこに行かないわけがない。だけどエレナは人間だが、ゴブ一朗達はどうだ？　魔物の彼らは容易に人里に下りられない。それくらい俺にも簡単にわかる。初めてゴブ一朗達に会った時は敵対していたしな。もう、大体わかるな？　俺はな、ゴブ一朗、お前達が幸せに笑って過ごせる場所が作りたくて、この拠点を捨てずに強化する道を選んだんだよ」

『主、俺達のせいで……』

いや、ゴブ一朗そんな申し訳なさそうな顔をしなくていいぞ？

お前達のせいで俺がこの拠点に縛《しば》られているわけではない。

俺がお前達のために自分の意志でやっているだけだ。

「それに、今ではカシムみたいに、一度この世界で死んだと認知されている奴や、オルドやジャックのように生前悪行《あくぎょう》を働いて普通に暮らしにくい連中も大勢いるからな。魔物勢だってかなり増えた。俺はその全てが幸せに笑って暮らせる場所を作りたい。だから、別に他の集落や国を武力で制圧する必要はないんだよ。そんなことしてたら、お前達が怪我をして死んでしまうかもしれないしな」

俺の言葉を聞き、エレナが呆然と呟く。

「では私達は今まで……」

「ああ、そんなに落ち込まないでくれ。今まで全部俺のためにやってくれたことなんだろう？　おかげで拠点も大きくなったし、魔石のポイント収入もうなぎ登りだ」

何も問題はない。

「これからは無理に拠点の勢力範囲を広げる必要はないよ。拠点の発展を第一に考え、もし周囲に集落や部落があったら、まず武力以外の方法で接触《せっしょく》してみてほしい。もし駄目でも、無理に併合《へいごう》する必要はない。その集落や部落の考え方もあるだろうし、尊重していこう。だが、万が一こちらに敵対し、害を為《な》す勢力があるならば、それは完膚《かんぷ》なきまでに叩きのめしていい。我が拠点――家族を傷つける輩に慈悲《じひ》はいらない。ゴブ一朗、お前達は俺の国を造ってくれるんだよな？　だったら、力で世界を掌握するのではなく、世界が自ら迎合《げいごう》するような――俺が誇れる国を作ってくれ、できるな？」

『……了解した』

ゴブ一朗はそう言うと席を立ち、その場で跪《ひざまず》いた。

すると周囲もそれに倣《なら》い、次々とみんな頭を下げだす。

「いやいや、やめてくれ。いきなり頭を下げられても、どう対処していいのかわから

ない」

『俺達はこれから世界一の国を造る。主様はその国の王だ。これくらいで動揺してもらっては困るぞ？』

ぐっ、そうこられると、頼んだ手前、やめろとは言い辛い。

しかし、これでやっとゴブ一朗達とわかり合えた気がする。

ここからだ。ここから俺達が笑って暮らせる国ができるんだ。

俺は周囲で頭を下げ続けるみんなを見回し、まだ見ぬ国を思い描《えが》きながら会議の終了を告げた。

＊＊＊＊

(ジャック、そちらは問題ないですか？)

(はい、エレナさん。号令と同時に突入できます)

俺達は今、念話で襲撃前の最後の打ち合わせをしている。

辺りはすっかり暗くなり、もうすぐ日を跨《また》ごうかという時間帯だ。

結構な時間が経過したが、俺達はなんとかジャックが指定する時刻に間に合う形で王都に着いた。

何故ジャック達との合流がここまで遅れたかというと、理由は二つある。

一つはモーテン達だ。お姫様を救う際に表立って救助したと言える人物が欲しかったから、アルカライムに迎《むか》えに行ったのだ。

助けてそのまま消えたら、それはそれで問題になりそうだからな。

俺？　俺は絶対に無理だ。目立ちたくないのもあるが、お姫様救出とか、柄《がら》じゃない。どこの英雄譚《えいゆうたん》の主人公だよ。申し訳ないが、今回もモーテン達に頑張ってもらおう。

もう一つはエレナだ。

モーテン達を迎えに行ったついでに、武器屋のアドロフさんの家に立ち寄ったら、見事にエレナが捕まった。

アドロフさんはエレナの育ての親だからな……

俺がモーテン達と合流してから戻った時には、エレナは妙に疲れた顔をしていた。これから襲撃なのに、大丈夫か？

その後なんとかアドロフさんを酔《よ》い潰《つぶ》してエレナから引《ひ》き剥《は》がし、ようやく王都に戻れた、というわけだ。

奥さんのヘレンさんがかなり怒っていたので、アドロフさんは明日こっぴどく叱られるだろう。

何をやったかはわからないが、一応無事を祈っておこう。

そんなことを考えている間に、どうやらジャック達との打ち合わせが終わったみたいだ。エレナ達が動き出した。

目の前の大きな屋敷は三階建ての立派な木造住宅だ。

庭も広く、入り口には守衛《しゅえい》も立っている。貴族が住んでいると言っても信じてしまいそうな外観《がいかん》である。

さて、エレナ達はどうやるのかな？

俺はエレナ達の作戦ややり方を楽しみにしながら、成り行きを見守る。

今回、俺は何も口を出していない。

エレナとジャックがそれぞれ役割を持って作戦を立て、行動に移している。

エレナ達が近づいていくと、守衛の男達が大きな声で警告を発した。

「おい‼　お前ら！　そこで止まれ‼　ここはさる高貴《こうき》なお方の邸宅《ていたく》である！　無断《むだん》でこの場所に入ることは許さんぞ‼」

「あら、守衛さん、こんばんは。そのさるお方にお会いしたいんですけど、今晩はご在宅ですか？」

エレナはなんとも愛想《あいそ》良く微笑みながら守衛に近づいていく。

……俺は笑顔でこんな喋《しゃべ》り方をするエレナなど初めて見たぞ。

「あぁ？　当主様は今不在だ。だが、こんな夜更《よふ》けにいったいなんの用だ？　……っておい‼　いい加減に止まれ‼　これ以上近づくなら実力で……」

そう守衛の男が言いかけたところで、エレナは一気に踏み込み、守衛をいきなり切り倒した。

「マリア！　リン！」

「「はい‼」」

エレナの合図とほぼ同時に、もう一方の守衛もマリアとリンに切り伏せられる。

「上出来です。最初の頃に比べたら、あなた達も成長しましたね。このまま私達はなるべく目立つように正面から屋敷を攻略していきます。リンはスキルを使用し、周囲を壊《こわ》しながら敵を殲滅しなさい。マリアは私達の補助と遠距離《えんきょり》の対処です。いいですか？」

「「はい‼」」

「向こうもこちらに気付いてくれたようです。行きますよ」

そう言うと、エレナは炎を纏って周囲を照《て》らしだした。

すぐに、武器を手にした男達が玄関からわらわらと出てくる。

「お前ら、何者《なにもん》だ⁉　ここが誰の屋敷かわかってやってるんだろうな⁉　無事に生きて帰れると思うな‼」

「それはこちらのセリフですよ？　ケンゴ様の手を煩《わずら》わせるような真似をして、あなた達こそ万死《ばんし》に値《あたい》します。生まれたことを後悔しながら死になさい」

その言葉と同時に、エレナが特大の火球を玄関前に放った。

「な、なんだとっ⁉　全員よけろ‼」

だが、火球は玄関前にいた多くの人間を巻き込んで地面に着弾し、轟音《ごうおん》を立てて辺りに火を撒《ま》き散《ち》らした。

あまりの轟音に、周囲の家でも慌ただしく動き出す音や声が聞こえはじめる。

当然、火は建物にも燃え移ろうとしていたが……次の瞬間、火災から身を守るかのように屋敷の壁がいきなり凍《こお》った。

「エレナさん駄目じゃないですか、この後ケンゴ様が屋敷に入る手筈《てはず》になっているはずですよ？　燃やしてどうするんですか」

マリアが呆れ顔でエレナを窘めた。

「ああ、ごめんなさい。ケンゴ様の手を煩わせた人間の顔を見ていると、無性《むしょう》に腹が立って、つい先に手が出てしまいました。迷惑を掛けましたね」

次《つ》いで、リンも不平を口にする。

「先ほどの守衛もそうですよ！　マリアが予知して教えてくれたから間に合ったけど、斬りかかるなら先に教えてください！」

「ええ、次からは気をつけます。でも、あなた達なら対処できるのだから、問題ないのではないですか？」

「それでもです！　万が一何かあったら、ケンゴ様が悲しまれますよ！」

「それは良くありませんね。私が間違っていました。以後、動く時は念話で一言入れます」

そんな会話をしながら、エレナ達は入り口のドアを吹き飛ばし、屋敷の中に入っていく。

広いエントランスホールには、エレナ達を囲むように男達が待ち構えていた。

「マリア、リン、私達はこのまま上の階を目指します。さぁ、外でケンゴ様が待っています。手早く済ませますよ」

「「はい‼」」

そういうとエレナ達は男達に向かって駆け出していった。

＊＊＊

「おいおい、ジャック……エレナ達はえらく派手《はで》にやってんじゃねーか。ここまで音が聞こえてくるぞ」

ポイズンスネークの巳朗《しろう》が、舌をチロチロと出しながらジャックを見上げた。

「ええ、そうですね。上手く敵を誘導できているようです。それでは巳朗さん、こちらもそろそろ動きましょうか」

「あぁ。俺らが遅れたら、エレナが後でうるせーからな。さっさと姫さん見つけてずらかろうぜ」

巳朗はそう言うと、ジャックと補佐《ほさ》に連れてきた元黒の外套二人、そしてファングスネーク達を引き連れて、王都の裏通りにある寂《さび》れた倉庫のような家屋《かおく》に入っていった。

家屋の中は木箱や袋が無造作《むぞうさ》に積《つ》み重《かさ》ねられているだけで、特に変わった様子は見受けられない。人の出入りが少ないのか、あちこちにうっすらと埃《ほこり》が積もっている。

「おいジャック、本当にこんな所が目的の屋敷に通じてんのか？」

「ええ、大丈夫ですよ。巳朗さんのようにこんな所にあるわけないと思わせるのが目的で作られていますから。ほら、この木箱の見た目は他と変わりありませんが、下から持ち上げられるように中身がないんですよ」

そう言いながら、ジャックは部屋の片隅《かたすみ》にあった重そうな木箱に手を掛けた。彼はそれを軽々と持ち上げ、横にずらす。

ジャックが床板の一部を取り外すと、敷《し》き板の下から人が一人通れるような小さな穴が現れた。

「ここを下りて少し歩けば、すぐに屋敷の地下に行き当たります、通路は少し狭《せま》いので、気をつけてくださいね」

「俺は蛇だぞ？　お前らが狭く感じても、俺には広すぎるくらいだ。俺が先行するから、お前らは後からついて来い」

「ええ、よろしくお願いします」

地下通路は周囲を掘《ほ》ったまま土がむき出しで、人が二人横に並べるかどうかという狭さだった。

明かりはなく、用意した松明《たいまつ》の光のみが通路を照らしており、注意して見なければ数メートル先の様子もわからないくらいだ。

だが、そんな暗闇も蛇には関係ないのか、巳朗達はジャックを置いてどんどん先に進んでいく。

「おいジャック、通路の先の方からなんか人らしきものが来るけど、やっちまっていいのか？」

「人ですか？　恐らくエレナさん達の騒動を受けて逃げてきた連中でしょう。もしかしたら王女を連れているかもしれません。黒の外套のみ倒すことは可能ですか？」

「いくら俺の熱源探知《ねつげんたんち》が優れているからといって、知らない人間を選別するなんて無理だぞ？　とりあえず、王女は女だから男だけ殺せばいいか」

「ええそれで構いません。女だけ捕縛して、後で私が判別しましょう」

「了解だ。じゃあ、ちっと行ってくるわ。逃がすつもりはねーが、一応警戒しといてくれ」

「わかりました」

そう言うと、巳朗達は音も立てずに移動していった。

直後、暗闇の中から混乱した男の声が上がる。

「うわっ、なんだ？　今足下に何かいたぞ‼」

「なんだと？　どうせネズミか何かだ。気にするな」

「痛っ‼　噛まれた？　今、足を噛まれたぞ？」

「俺もだ！　絶対何かいるぞ‼　全員、警戒しろ‼」

動揺した男達は、立ち止まって明かりを増やしながら周辺を警戒しているが、自分達が何に襲われているのかもわからないようだ。

その間も次々に噛まれていく。

「クソッ‼　いったい何がいるんだ‼」

「俺、なんだか気分が悪くなってきた……」

「ああ、俺もだ。もう立っているのも辛い」

「おい‼　大丈夫か⁉　まさかこれは……毒か？」

「毒だと……？　襲撃かもしれない！　動ける者は全員、ターゲットを連れて屋敷まで後退しろ‼」

男達は慌てて引き返そうとするが、通路の狭さと暗さ、さらに毒にやられた者があちこちで座り込んでいるため、上手く後退できない。

その間も一人、また一人と巳朗達に噛まれていき……しばらくすると、通路は横たわる人間で埋め尽《う》くされていた。

「おい、ジャック、終わったぞ‼ 結局、女っぽいのは一人だけだったが、こいつが例の王女か？」

「ああ、ちょっと待ってください。私は巳朗さんと違って、この暗闇だとある程度近づかないと見えないんですよ」

「この程度の暗さで明かり一つないと身動きも取れなくなるなんて、人間も大変だな」

「それは巳朗さん達が特別なんですよ。大体の生物は明かりがないと暗い場所では活動できません」

「そういうもんか？ あと、一応まだ生きてる奴もいるから気をつけろよ」

「わかりました。それにしても、巳朗さん達の毒は本当に怖いですね。全員同じ種類の毒なのですか？」

「いや、毒持ちは俺だけだ。こいつらは俺から抽出《ちゅうしゅつ》した毒を使わせているから、毒の種類自体は一種類だな」

「そうなんですか。しかし、恐ろしいことには変わりはありません。後で私にも少し貰えませんか？」

「ああ。それは構わんが、あんま悪用するなよ」

「大丈夫です。今の私が第一に優先する対象はご主人様以外にはありません。拠点の害になるようなことには使用しませんよ」

「ならいい。それでこいつは例の王女か？」

巳朗が地面に座り込んでいる女性に首を向けた。

「ええ、こちらの方はエスネアート王国の第二王女様ですね。やはり一緒に捕らわれていましたか」

「だけどおかしくねーか？　ケンゴ様が追跡していた第三王女がいねーじゃねーか。こいつらが逃げ出した奴らだとして、第三王女は連れて逃げなかったのか？」

「それはこれから第二王女に事情を聞いてみないことにはわかりませんね」

そのセリフを聞いたせいか、第二王女の顔に怯えの色が浮かぶ。

「ああ、大丈夫ですよ。私達はあなた達を助けに来た者です。猿《さる》ぐつわを外しますから落ち着いて話を聞いてくださいね」

そう言いながら、ジャックはゆっくりと王女の口に嵌《は》められていた猿ぐつわを解いた。

その直後、第二王女は堰《せき》を切ったように捲《まく》し立《た》てる。

「あの‼　クリスが‼　クリスがまだ屋敷に捕らわれているんです‼　お願いします！　助けてください‼」

「落ち着いてください。助け出すためにも正確な情報が必要です。第三王女様がどこに行ったか、教えていただけますか？」

「はい、それが……大きな音が聞こえてくる前に、男達にどこかに連れて行かれてしまったので……私も正確にはわからないのです。お役に立てず申し訳ありません」

「いえいえ、素晴らしい情報をありがとうございます。恐らく、これで無事に見つけることができますよ」

「本当ですか⁉」

「ええ、私達はこのまま屋敷に向かいますので、王女様もご同行ください」

「はい、わかりました」

ジャックがそう言いながら歩き出す横をすり抜け、先ほどと同様に巳朗達が先行して地下通路を走りだした。その姿を見て、第二王女が顔を強張らせる。

「あの……この蛇達はいったい……」

「安心してください。私達の心強い仲間ですよ。彼らが先行することで、私達の安全が保証されます。さぁ、あんまりゆっくり移動していると置いて行かれますよ」

ジャック達は屋敷に向かう地下通路を進んでいった。

＊＊＊＊

「これで二階はあらかた掃討《そうとう》しましたか」

エレナはそう言いながら、土でできた剣を腰帯の鞘《さや》に仕舞った。

周囲にはエレナ達を迎撃《げいげき》しようとしたと思《おぼ》しき男が何人も倒れている。

「私の『気配察知』にもなんにも反応がないから、間違いないと思うよ」

「私の『予知』でも対象が見つかりません。残るは三階のみですね」

リンとマリアが順々に索敵《さくてき》結果を報告した。

「ええ。ジャック達の王女救出を成功させるためにも、私達がなるべく多くの敵を倒さなければなりません。急ぎましょう」

残る三階を目指してエレナが階段を上ろうとした時……突然ジャックからの念話が入った。

(あーもしもし、エレナさんとご主人様、聞こえますか?)

すぐに屋敷の外で待機中のケンゴの返事が聞こえてくる。

(ん?　ジャックか、何か問題でもあったのか?)

(いいえ、こちらは無事に第二王女を確保しました)

(おー、でかした!　さすがだな!　それで第三王女は?)

(それが念話をした理由です。第二王女の話だと、私達が襲撃する直前に他の男達にどこかに連れ去られたらしいんですよ。それでご主人様、第三王女の場所は追跡できますか？）

（了解だ。ちょっと待っててくれ。……って、あれ？　襲撃する前に念のため確認した場所から動いてないみたいだぞ？）

（でしたら、第三王女はエレナさん達の方にいる可能性が高いですね）

ジャックの推測に、エレナが念話で応える。

（私達は今二階まで敵を掃討しましたが、現時点で王女は確認できませんでした。恐らく残る三階にいるのでしょう）

（そこでエレナさんにお願いがあるのですが、もう少し攻撃の規模を狭めていただけませんか？　万が一第三王女に被害があった場合、ご主人様に迷惑が掛かります。先ほどからもの凄い音がしていますよ？）

（それはあなた達から注意を逸らすために仕方なくやっていることです。そんなに言うならわかりました。でも、これからあなた達の方に敵が向かっても知りませんからね？）

すかさずケンゴが険悪《けんあく》な二人の間に割り込んで宥める。

（はいはい、ケンカしないケンカしない。エレナ、これから三階に行くなら第三王女がいる前提で行動してくれ。で、ジャックは今どこにいるんだ？）

（私達は屋敷の地下に着いたところです）

（なら、そのまま上がって一度合流しようか。王女様にお願いしたいこともあるし、俺も

モーテンを連れて一階に向かうよ）

（わかりました、すぐに向かいます）

（私達も早急に第三王女を確保してそちらに向かいます）

（いやいや、エレナ、ゆっくりでいいからな？　良い報告を期待しているぞ）

（……はい‼　必ず期待に応えてみせます‼）

念話が終わり、エレナがマリア達の方を振り返る。

「あなた達も聞こえましたね？　下でケンゴ様が待っています。早急に第三王女を確保し、合流しますよ」

「わかりました。それにしてもエレナさん、まだ王女を確保していないのに口元が少し緩んでいますよ？」

「ケンゴ様に期待してるって言われて嬉しいなら、ちゃんとそう言えばいいのに」

マリアとリンが笑いを噛み殺しながら顔を見合わせる。

「減らず口を叩いている暇があるなら、一人でも多くの敵を斬り倒しなさい。さぁ、行きますよ」

二人にそう言葉を掛けながら、エレナはさっさと階段を上っていく。

三階には一つだけ大きな扉が存在していた。周囲には他に出入口は見当たらない。

「どうやらここが最後の部屋のようですね。リン、中に何人いますか？」

「私の『気配察知』には六人反応があるよ。ケンゴ様みたいに『気配察知』に反応しない人はいないと思うけど、一応警戒しておいてね」

「大丈夫ですよ。そのために私の『予知』があるんですから。二人が私の視界内にある限り、不意打ち等はあり得ませんよ」

「問題はないようですね。では開けますよ」

エレナが扉をゆっくりと開けると、男達が入り口から離れた位置で王女の首にナイフを当てて待ち構えていた。

「全員動くな‼　少しでもおかしな真似をしたら王女の首をかっ切るぞ‼」

凄む男に、エレナが淡々と返す。

「それは困りますね。それであなた達はこれからどうするつもりですか？　もう逃げられませんよ？」

「お前達は何者だ‼　何故ここに王女がいるとわかった⁉　目的はなんだ⁉」

「質問が多いですね。私達はただ王女が捕らわれたというので解放しに来ただけですよ。あなた方が邪魔をするので排除《はいじょ》したまでです。あと、情報はジャックが快《こころよ》く教えてくれましたよ」

ジャックの名前を聞き、男の顔色が変わる。

「っ‼　やはりジャックさんを殺したのはお前らか‼　何故我々の邪魔をする⁉」

「それはこちらのセリフですよ。あなた達もケンゴ様の邪魔をして、なんのつもりですか？　死にたいのですか？」

「どういうことだ⁉　お前らは王国の人間じゃないのか？」

「違いますよ。急いでいるので、そろそろ問答は終わりにしましょうか。マリア？」

エレナとリンはマリアに目配《めくば》せし、剣に触れたり走り出すフリをしたりなど、不可解《ふかかい》な行動を繰り返す。どうやら、最善の行動を『予知』スキルで判断しているらしい。

「はい、駄目です、駄目です、それも駄目ですね」

これを挑発だと判断した男達が苛立ちを露わにする。

「おい‼　動くなと言っているだろうが‼　本当に殺すぞ！」

「ああ、それならいけそうですね」

マリアのその一言を皮切《かわき》りに、突然リンが威嚇の咆哮《ほうこう》を上げ、男達に突撃した。

咆哮に怯《ひる》んだのか、男達は誰一人としてその場を動けないでいる。

リンが王女を捕らえている男にあと数歩の位置に来た瞬間、エレナの火球が周囲にいた男達を吹き飛ばした。

その爆風《ばくふう》にリンや王女、王女にナイフを突きつけていた男も巻き込まれたかに見えたが、いつの間にか周辺には薄い氷の壁ができて、彼女達を守っていた。

しばし呆然としていた男が、思い出したかのように王女にナイフを振り下ろそうとした瞬間……

「遅いよ！」

リンが男の顔面へと蹴りを打ち込み、後方に吹き飛ばした。

彼女はそのまま王女の目の前に着地し、手を差し出す。

「王女様、少し乱暴にしてごめんね？　もう大丈夫だよ。動けるかな？」

「え、ええ、ありがとうございます」

王女はその手を取り、ゆっくりと立ち上がった。

＊＊＊＊

今のところ、お姫様救出大作戦は順調のようだ。これでナミラ平原の決戦での憂《うれ》いも少しは解消されるだろう。エレナとジャック達との念話を終えた俺は、自然と頷いていた。

第一王女の所在だけはわからないが、決戦までに何か情報が出るのを期待しておこう。

とりあえず、今は第二王女と第三王女だ。

「ジャック達も一階に向かっているだろうし、俺達も向かうか」

俺は一緒に待機していたモーテン達に声を掛け、屋敷に向かって歩き出した。

そんな中、モーテンが突然問いかけてきた。

「あの……ケンゴ様、本当に良いでしょうか？」

「ん？　何がだ？」

「いえ、今回も私達が王女様達を助けたことにすると仰っていましたが……そんなことをして本当に大丈夫なのですか？」

「ああ、それか。不安になる気持ちはわかるけど、特に気にしなくてもいいぞ。これから行う第二王女との交渉次第とはいえ、恐らくなんとかなると思う」

「いえ、そういうことではなくて、私達なんかが王女を助けた功績をケンゴ様から奪って有名になって大丈夫なのかと……。それに、前回は私達も戦闘に参加しましたが、今回は全く何もしていません。罪悪感が凄まじいんです」

あー、そういう風に受け取っていたのか。そもそも、これは俺があまり目立ちたくないからモーテン達を都合良く身代わりに使っているだけだ。

罪悪感があるのは俺の方だ。

一応、今回もモーテン一人ではなく彼のパーティメンバー五人と、その仲間達が協力して助けたことにする予定だ。

恐らく、彼らは王女様救出の立役者としてますます有名になるだろう。

モーテンは、俺から功績を奪って有名になったと言っているが、必ずしもそうとは限らない。

確かに知名度の初期ブーストは〝やらせ〟かもしれないが、アルカライムで人々と触れあい、一冒険者として困っている人達を助け、最短でC級にまで上り詰めたのは彼ら自身の頑張りだ。

だからアルカライムではモーテン達は英雄と呼ばれている。

もしその名にふさわしくない人間であれば、すぐに化けの皮が剥がれるはずだ。しかし、そうはなっていない。

「そんなに気にするな。確かにいきなり功績を押しつけたのは悪かったけど、お前達ならいずれその功績が当たり前だと周囲に言われる存在になるよ」

「……ありがとうございます。これからもケンゴ様のために、少しでもお役に立てるように頑張っていきます」

モーテンはそう言いながら目尻に涙を浮かべている。

「いやいや、お前達の人生だ。たまにお願い事をするかもしれないが、基本的には自分達のために頑張れ。じゃないと楽しくないだろう？」

俺はそう応えながら、屋敷の扉を開ける。

玄関ホールでは既にジャック達が待っていた。

「あれ？　もしかして待たせたか？」

「いえ、私達も今ちょうどここに来たばかりです」

「ああ、それなら良かった」

モーテン達と話し込んでいたから遅れたかと思った。

「で、その人が第二王女様なのかな？」

俺はジャック達一行が連れている見慣れない女性を視線で示した。

「はい。この方が第二王女で間違いありません。王女様、こちらの方が私達の主であるケンゴ様です」

ジャックが俺に第二王女を紹介した。

こいつ、王女が相手だというのに、まるで緊張《きんちょう》していない。俺の前に王女をエスコートしてくる動作に違和感《いわかん》がない。かなりの手練《てだ》れだな。

俺がそんなことを考えていると……

「初めまして。私はエスネアート王国の第二王女、シェリティア・マルグリット・ファナ・エスネアートと申します。この度は賊の魔の手から救出していただき、誠にありがとうございました。王城に戻り次第、お礼をさせていただきたいのですが、よろしいでしょうか？」

どうしよう、また名前が長い。

俺は日本人の感覚がいまだに残っているので、どうも外国人の、しかも長い名前を覚えきれる自信がない。第三王女の名前ですら怪しいのに、第二王女を一発で覚えるのは無理だ。

第三王女はわかりやすくクリスと呼んでくれと言ってくれたが、第二王女はそれもない。なんて呼べばいいのかわからないから、とりあえず王女様で誤魔化《ごまか》そう。

「初めまして、ご無事で何よりです。私はケンゴと申します。実はそのお礼の件で、少しお願いがあります」

「お願いですか？」

「はい。今回王女様を助けたのは、全てこのモーテン達ということにしていただきたいんです。駄目でしょうか？」

「いえ、駄目というわけでは……何か理由があるのですか？」

第二王女は訝しげに首を傾げる。

「私はあまり前に出るのは得意じゃなくて、できれば裏方としてやっていきたいんです」

「そうですか……。あの……代わりに王城でお礼をするのは、その方達では駄目ですか？」

第二王女は後ろで待機しているジャックの方を気にしているようだ。

「そうですね。申し訳ありませんが、ジャックもまた前に出すことはできません」

「そうですか……」

ん？　なんか、俺からモーテン達に変更をお願いした時よりも、あからさまに落胆しているように見える。

　ジャックに何かあるのだろうか？

「あの……それで、先ほどジャックさんにもお願いしたのですが、実は私以外にも妹がここに捕らわれているはずなんです。厚《あつ》かましいお願いと存じますが……助けていただくわけにはいかないでしょうか？」

「ああ、それでしたら聞いていますよ。別の部隊が向かっているので、そろそろ……」

　と言いかけたところで、エレナから念話が届いた。

（ケンゴ様‼　ただ今、第三王女を無傷で確保いたしました‼　今からそちらに向かいます‼）

　いきなり声のボリュームを上げないでほしい。

　見てみろ、念話は王女様には聞こえてないから、俺が突然ビクッと動いた様子を訝しんでいる。

　しかし、今日のエレナはやけにテンションが高いな。

　俺はエレナ達がいる三階の方を見ながら、第二王女様に妹さんを無事保護したことを伝えた。

　少しして、エレナ達が第三王女を連れて階段を下りてきた。

「お姉様‼」

「クリス‼　ああ、本当に無事で良かった……」

王女達はよほど不安だったらしく、再会を喜び、熱い抱擁《ほうよう》を交わしている。

そんな二人を横目に、エレナが期待に満ちた目で見てくる。

「ケンゴ様‼ いかがですか？ 私はご期待に応えられたでしょうか？」

「ああ、さすがエレナだ。よく王女を無事に助け出してくれた。しかも無傷とは期待以上だ。さすがだな」

それを聞き、エレナはとても嬉しそうにマリア達の方に戻っていった。

しかし今日の彼女はいったいどうしたんだ？ さっきの嬉しそうな顔とか、年齢相応にとても可愛らしかった。いつもそうしてくれているといいんだがな……

振り返ると、抱擁を終えた王女達がこちらに向き直っていた。

「あの……この度は妹共々助けていただき、ありがとうございました」

「私は二度も命を救っていただきました。このお礼は必ずいたしますので、ぜひこの後王城にいらしてほしいのですが……」

「ああ、その件に関しては既に第二王女様にお話しました。私はあまり目立ちたくないので、代わりにこの……冒険者のモーテン達が王女様を助けたことにしてほしいのです。報酬も全て彼らにお願いします」

第三王女はまだ納得いかない表情で食い下がる。

「……ですが、そのような替え玉行為は了承しかねます」

「そうですか。では報酬等は辞退《じたい》させていただきます。お約束したナミラ平原の決戦の時に多少便宜《べんぎ》を図《はか》っていただければ、それで十分ですよ」

「辞退……何故そのように頑なに表に出ることを拒《こば》むのですか？」

いや、逆に聞くが何故そんなに表に出そうとする？

俺は元来目立つのがあまり得意ではない性分《しょうぶん》だ。王様だなんだと祭り上げられるのは拠点の中だけで十分。できれば拠点の片隅でひっそりと暮らしていきたいくらいなのに。

「クリス、別にいいではないですか。私達を助けてくださった方がそう望むのです。私達も王族として、この方に連《つら》なる人物にお礼を渡せる。彼はちゃんと私達の感謝の言葉を受け取ってくれていますよ。あなたはそれ以上に何を望むのですか？」

「ですが、お姉様……」

「聞けば、あなたは前にもこの方に助けていただいているというではありませんか。その件と、先ほど仰られていたナミラ平原での決戦の便宜について、詳しく説明してください」

「そ、それは……」

口ごもる妹を見て、第二王女が眉をひそめる。

「あら？　何か私に言えないことでもあるのですか？　それはますます聞かないわけにはいきませんね。ケンゴさん、申し訳ありませんが、少し向こうで話してきても？」

「ええ、構いません。ただ、さすがにこの騒ぎを聞きつけて周囲が騒がしくなってきているので、手短にお願いします」

「わかりました、少々お待ちください」

王女達は俺達から少し離れた場所に移動し、小声で話しだした。

しかし驚いたな。この第二王女、先ほどまで少し自信がなさそうに見えたが、しっかり自分の考えを持っている。

第三王女は第二王女に頭が上がらないようだし、交渉は第二王女とした方が良さそうだ。

エントランスの窓に視線を向けると、案の定、この騒動を聞きつけた人が集まりだしているのが見えた。

『気配察知』にも、この敷地《しきち》の周囲に集まる多数の人が引っかかっている。

じきに衛兵《えいへい》もやってくるだろう。

俺が視線を窓から戻すと王女達も話し合いが終わったようだ。

第二王女を先頭に、連れ立ってこちらに戻ってくる。

「あの……ケンゴさん、大事な妹を助けていただいたことは確かにありがたいことなんですが、戦争をだしに妹の全てを要求するとは、いったいどういうつもりですか？」

ああ、話がそっちの方にいってしまったか。第二王女からは若干《じゃっかん》怒気が発せられている気がする。

さて、どう切り抜けよう。

今さら言い辛いが、俺としては絶対に第三王女の身柄《みがら》が欲しいわけではない。

政治に詳しい人物という意味では魅力《みりょく》的だが、ジャックの有能さがわかった今となっては、彼一人でもそこそこやっていける気がする。

俺としては約束の内容を変えるのはやぶさかではないけれど……はたしてエレナやゴブ一朗達がそれで納得するのか心配だ。

少なくとも、拠点にいる奴らにも説明し、確認を取らなければならない。やれやれ、面倒くさいことになったたな。

「その件に関しては、私がお話ししましょう」

いつの間にか、エレナが通訳さんとして俺の横に立っていた。

いやいや、ちょっと待て。最近エレナが交渉するとあまり良くない方に行っている気がする。

さっきの会議で俺の考え方についての誤解《ごかい》は解けたはずだから、あまり強引な交渉はしないと思うけど、どうなるかはわからない。

しかも相手は王女様だ。これ以上ややこしい事態になるのは避けたい。

「あなたは……？」

第二王女が険しい目でエレナを見据《みす》えた。

「私はエレナと申します。ケンゴ様が外部で活動をする際の護衛をさせていただいています」

「私とケンゴさんは今大事な話をしているんです。護衛であれば、場を弁《わきま》えなさい」

「いえ、私は交渉役としてもケンゴ様の側にいるので、口を出させていただきます」

「なら、最初からそう言ってください。ですが、私はケンゴさんの考えを聞きたいのです。できれば控えていてください」

「そういうわけにはいきません。あなたこそ、何故最初からケンゴ様と交渉できると思ったのですか？　立場は対等ではありませんよ」

ああ、これはかなり雲行きが怪しい。

俺はジャックに会話の雰囲気がまずそうなら、隙《すき》を見て会話に交ざって軌道修正《きどうしゅうせい》するように念話で指示を出した。すると……

「王女様、大変申し訳ありません。私も会話に加わってもよろしいでしょうか？」

まさかすぐに入ってくるとは……そんなにヤバかったのか？

「ジャックさん……ええ、あなたであれば構いませんよ」

あれ？　エレナは駄目なのに、ジャックは承諾《しょうだく》したぞ。第二王女の信用度が凄く高いな。

しかし、当然エレナは面白くない。

「ジャック、あなたは黙っていなさい」

「お断《ことわ》りします。エレナさんこそ黙った方がよろしいのではないですか？　ご主人様の期待を裏切る発言は控えていただきたい」

「っ‼　あなたに何が‼」

「先ほどの会議を聞いていなかったのですか？　ご主人様は基本的に相手の意見を尊重し、穏便に事を運ぶように仰られていました。それなのに、あなたの態度ときたら……見ていられませんよ。だいたい、今回ご主人様がいつあなたに交渉を頼みましたか？　出しゃばるのも大概《たいがい》にしないと、いつかご主人様に見限られますよ？」

ジャックにそう言われて思うところがあったのか、エレナは俯《うつむ》いて黙ってしまった。俺の顔色を窺《うかが》うようにこちらを見てくるが、今回ばかりはジャックが正しい。

俺の同意が得られないとわかった瞬間、エレナは目に涙を溜めてマリア達の方に下がっていった。

なんか罪悪感が凄いな。

まぁ、さっき話したばかりだから、すぐに改善されないのは仕方ない。ゆっくり、みんなで変えていこう。

俺がエレナへのフォローを考えている間に、再びジャックが喋りだした。

「ご主人様、王女様との交渉は私にさせていただけませんか？」

「ああ。構わないぞ。恐らく第二王女との交渉はお前が一番上手く纏められそうだしな」

「ありがとうございます。不肖《ふしょう》ながら精一杯《せいいっぱい》尽力いたします」

ジャックは王女に向き直り、改めて一礼した。

「改めてご挨拶させていただきます。ナミラ平原の決戦に関しての交渉を任せられました、ジャックと申します。エスネアート王国第二王女シェリティア・マルグリット・ファナ・エスネアート様の先ほどの質問にお答えしたいと思いますが、よろしいでしょうか？」

「はい、よろしくお願いいたします」

（あれ？　ジャック、ちょっと待てよ。ナミラ平原の決戦の話は聞いてるだろうけど、王女様との交渉は知っているのか？）

俺が念話で疑問を投げかけるとすぐに返事があった。

（はい、大丈夫です。昨日拠点の情報はあらかた収集しましたし、先ほど王女様方が話し合われている間にゴブ一朗さんにも念話で確認を取りました）

ほんと、ジャックが味方で良かった。これで我が拠点の外交関係は安泰《あんたい》だ。

逆に、あの襲撃の時に倒せていなかったら、後々厄介な相手になっていたかもしれない。

「第三王女様の馬車が襲われ、ご主人様がその危機から救い出した話は聞いていますか？」

「はい、聞いています」

「その際、クリスティーナ様はご主人様の力を見込んでナミラ平原の決戦での助力を願い出ました。その代償《だいしょう》として我々は彼女の身柄を要求したのです。我々は決してクリスティーナ様の身柄欲しさのあまり、戦争をだしにして不当な要求を突きつけたわけではありません」

「ですが、それは言い方が違うだけで、内容は変わらないのではないですか？　そもそも国民が戦争に参加する際にはそれ相応の報酬が支払われるはずです。何故、妹の身まで要求したのですか？」

「我々がお約束したのは〝王国の劣勢を覆《くつがえ》し、グラス帝国を蹴散らす〟ことです。単に戦列に加わるというだけではありません。その条件を、クリスティーナ王女はご自分で呑んだのです。それに、我々はエスネアート王国の国民ではありません」

「それは……本当なのですか？」

「はい。第三王女は他国民である我々に自国の戦争に参加するように依頼をしたことになります。その約束を違《たが》えるのは、国家の代表としていかがなものでしょう？」

「そうですか……。それでは、何故今回、他国の人間であるあなた達が誘拐された私達を助けてくれたのですか？」

「それも先ほどの第三王女様と交わした約束の一環《いっかん》になります。私達は、帝国が王女様達を誘拐し、それを利用して戦争を勝利に導こうとしているという情報を得ました。もしそのようなことがあれば、決戦の勝敗にも影響しかねないので、こうして王女様方の救出に参りました」

「では、妹がケンゴさんとその約束をしていなかったら、私達は今頃誘拐されたままだったということですか？」

「恐らく。王国は王女様方がどこに囚われているか掴んでいませんし、第一王女様が誘拐され、既にこの国にいないことも把握できていないでしょう」

姉の状況を知り、第二王女の顔が青くなる。

「お姉様が⁉　その情報は本当なんですか？」

「ええ、間違いありません。既にこの国にはいないので、追うことは叶いません。しかし、恐らく帝国はナミラ平原の決戦で何かしらのアクションを起こしてくると思われます。それを待つしかありませんね」

「そんな……お姉様が……」

「心中お察しいたします。ですが、今は何よりこの情報を城に持ち帰ることを優先した方がよろしいかと。この話を聞いても、シェリティア様は私どもが第三王女様の身柄を要求するのは不当だと思われますか？」

「不当……だとは思いませんが、何か他の物に変えることはできないのですか？」

「第三王女の身柄以上に価値のある報酬をご用意いただけるなら……。もし約束を反故《ほご》にするつもりでしたら、私達はこの件から手を引きます。ただ、戦況を考慮《こうりょ》すると、あまりお勧めはできませんね」

「ですが……」

なんとか粘《ねば》ろうとする第二王女の後ろから、第三王女が声を掛けた。

「お姉様、いいんです。私一人の身で王国の未来が救えるのであれば、これ以上のことはありません。それよりも、サーシャお姉様が気掛かりです。一刻も早く王城に戻りましょう」

第二王女は少しの間考える素振《そぶ》りを見せたが、すぐに頷いて応える。

「わかりました、では急ぎ城に戻りましょう。それとジャックさん、最後に一つだけ。先ほど仰った通り、妹の身柄以上の報酬が提示できれば、諦めていただけるのですよね？」

「ええ、可能です」

「それが聞ければ十分です。それでは私達は城に戻ろうと思います。ケンゴさん、この後どうすればよろしいですか？」

おっと、突然話を振られるとビックリするな。

「こちらの予定としては、モーテン達と一緒に玄関から出ていただいて、彼らが王女様方を救出したとアピールしたいところですね」

「それでは、あなた達はいったいどうするのですか？」

「俺達は俺達で脱出するので、気にしないでください」

「わかりました。ではモーテンさん？　行きましょうか。私達はこのまま王城に向かいますので、あなた達もできれば一緒に来てください」

第二王女様はそう言うと、モーテン達を引き連れて玄関から出ていった。

うん、全然救出されたようには見えないな。

もうちょっとモーテン達を引き立ててほしい。

俺は、あたふたしながら王女達の後を追うモーテン達の背中を黙って見送った。

「ご主人様、先ほどの交渉ですが、独断で第三王女の身柄を交換可能とお伝えいたしましたが、よろしかったでしょうか？」

玄関の扉が閉まると、ジャックが問いかけてきた。

「ああ、そのことか。特に第三王女にこだわりはないから、全然構わないぞ。拠点の奴らで話し合って、第三王女の身柄より拠点にとって価値のある物が出てきたなら、そちらに変更してくれ」

俺はそうジャックに答えながら、屋敷に残ったみんなを見回し、全員の無事を確認した。

うん、大丈夫そうだな。ちゃんと屋敷の周囲を警戒していた奴らも戻ってきている。

じゃあ、まとめて転移するか。

しかし、拠点から王国を行き来するのにいちいち俺が送り届ける必要があるのは面倒だな。

新しく加わった『魔道具製作』スキルの男に相談してみるか。

今日はもう遅いし、明日色々やろう。

俺は周囲のみんなと共に拠点に転移し、解散を宣言した。

＊＊＊

翌朝、日の出と共に寝床を出た俺は、早速拠点の各代表と打ち合わせをするために念話を飛ばした。早めにアポイントを取っておかないと、ゴブ一朗達はすぐに狩《か》りに行ってしまうし、オルド達は拠点の強化のための仕事に取りかかってしまう。

そう、この拠点で特に役割を持たず暇を持て余しているのは俺だけなのだ。

なんだか惨《みじ》めな気分になりながら広場に行くと、全員既に集まっていた。

早いな。まだ日も昇り始めたばかりだというのに……

起床から移動を考えていても、既に起きていないと集まるのは無理だ。

まさか、また俺が起きるのが一番遅かったのか？

俺の顔を見て、ゴブ一朗が何か言ってくる。

「ゲギャギャ、グ、グギャギャ」

「すまん、ちょっと待ってくれ。誰かに通訳を頼まないと話が全く前に進まない」

昨日はジャックに頼んだし、今日はエレナにお願いしよう。

「エレナ、頼めるか？」

「はい！　お任せください」

エレナは喜々《きき》としてゴブ一朗の言葉を代弁する。

『それで主よ、今日はいったいなんの話があるんだ？』

「ああ、今度のナミラ平原の決戦に参加するためには、本日中に王都を出発する必要があるのはみんな知っているな？　そこで、俺は今日中に松風《まつかぜ》に乗って王都を出――」

『却下《きやっか》だ』

今度こそ愛馬の松風に乗って気ままな旅をと思っていたのに……

「……いや、まだ最後まで言っていないじゃないか」

『どうせ、ナミラ平原まで護衛も付けず松風に乗って移動すると言うんだろう？　昨日の会議で話したように、これから主は俺達の王になるのだぞ。その自覚を持って行動してほしい』

「いや、だから護衛として松風を……」

オレの言葉を遮《さえぎ》り、今度はうさ吉が意見を述べる。

『松風はまだまだ弱いよ。万が一主様の身に何かあったら、僕達はこれからどうすればいいのかな？　主を失うだけでなく、もしかしたら、「召喚」スキルの効果が切れて、僕達まで死んでしまうかもしれないよ？』

「それは考えたことがなかったな。確かにその件は検証《けんしょう》しようがないから、否定もできない」

どうしよう、これが事実だったら、俺は文字通りこの拠点で生きる全ての者達の命を背負っていることになる。簡単に死ぬわけにはいかない。

『主よ、理解してくれたか？　俺達は主あってこその存在だ。だから、せめて外出する際や何かするときは、誰か俺達が安心できる者達を連れていってくれ。最初にこの拠点を出る時に、そう約束しただろう？』

「ああ、確かに。ゴブ一朗の言う通りだ」

俺が間違っていたな。最近ではずっとエレナ達が側にいたから、忘れかけていた。

「わかった。ナミラ平原への移動はいつも通り誰か連れていこう。ところで、今回は誰がついてきてくれるんだ？　いつもみたいにエレナ達か？」

俺が見回すと、広場の隅《すみ》から声が上がった。

『我が行こう』

意外にも、名乗り出たのはポチだった。

ゴブ一朗や他の魔物達もこれは予想外だったらしく、少しばかり驚いている。

『ポチ、お前が行くなんて珍しいな。どういう風の吹き回しだ？』

『なに、我もたまには主様と行動を共にしたいと思ってな。それに、今回は移動が長いのだろう？　松風以外となると、我が適任だろう』

『今日はえらく饒舌《じょうぜつ》だね、いつもあまり喋らないくせに。主様と行動を共にできる機会が来て、テンションが上がっているの？』

『からかうな、うさ吉。我はいつも通りだ』

基本的にポチは会議の時もあまり発言しないし、普段もほとんど喋らない。

てっきり俺は嫌われているのかと思ったが……そうか、無口なだけか。

「それで、ポチ以外には誰が行くんだ？　お前の上に乗るんだろうから、あんまり大勢は無理だよな？」

『大丈夫だ、マリアを連れて行く。あいつとは狼同士で気が合うしな』

ここでも、まさかの初耳だ。マリアがポチと仲良く喋っている姿なんて、見たことないぞ？

それにしても、俺のお供といえばエレナだが、今回はお留守番《るすばん》か。まぁ、たまにはエレナもゆっくりするのがいいだろう。

「さて、話も纏まったことだし、これで朝の会議は終了だな」

俺が会議の終了を告げようとした時、ジャックが手を挙げた。

「あの、少し報告があります。よろしいでしょうか？」

「ああ、いいぞ、話してくれ」

「早朝、モーテン達から連絡がありました。あの後、無事に王女を王城に届けたそうです」

「おお、それは良かった」

さすがに王都の中なので、もう捕まることはないと思ってはいたとはいえ、無事に届けられたなら上々だ。しかし、そんな俺の安堵《あんど》も束《つか》の間《ま》――

「ですが、現在王城は大変な混乱状態に陥《おちい》っているらしいです。お二人の王女は無事に帰還《きかん》できたものの、いまだ第一王女は戻らず、今回の決戦への影響が懸念《けねん》されます。この情報はナミラ平原へ向かっている軍へも伝えられるそうですが、士気の低下は免《まぬが》れないでしょう」

「じゃあ、結局王女を助けたのは無駄だったのか……」

「いいえ、ご主人様の行動は間違っていません。人質が一人であれば、相手は迂闊《うかつ》に殺すことはできません。しかし、もし三人とも誘拐されていたなら、見せしめにその内の一人を傷付けるなどして、効果的に揺さぶりを掛けられます。そうなると、王国側は身動きが取れなくなってしまうでしょう」

良かった、俺の行動は間違ってはいなかったか。

「また、このような状況ですから、モーテン達の報賞《ほうしょう》や、王女救出の祝いの宴《うたげ》などは決戦が終わって落ち着いた後に行われるそうです」

確かに、王国の行く末を決める大事な決戦の前に、パーティーなんかやっている暇はないよな。

でも、その救助された王女の一人を報酬として俺達が貰ってしまったら、ややこしい事態にならないか？　まぁ、全ては決戦に勝ってからの話だ。

とりあえず、今の俺達にできることはなさそうだから、この話は置いておこう。

「了解した。さてこれで大体の話は纏まったな。みんな、忙しい中来てくれてありがとう。助かった。また何かあったら連絡するから、各自仕事に戻ってくれ」

そう伝えると、広場から去っていった。残っているのはポチと俺だけ。

「ウォン‼」

何を言っているか全くわからないが、とりあえず頷いておく。

「？　ああ、そうだな」

王都を出発する前にいろいろと準備をした方がいいだろう。マリアとも合流しないといけないしな。

「ウォン‼」

「ああ、ありがとう」

さっきと同じ鳴き声にしか聞こえないが、恐らく了承してくれたと信じよう。

会議場を後にした俺は、『魔道具製作』スキルの男の寝床にやってきた。

移動に関しての魔道具作製を依頼するためだ。

寝床の中には、すやすやと寝ている男の姿がある。

もう日もだいぶ高くなっているが、こいつはいつまで寝ているつもりなのだろうか？

会議にも来なかったし……

「おーい、起きろー」

俺は少し雑にその男を叩き起こす。

「んがっ、ん？　あ？　ああ、ご主人様おはようございます」

「お前、おはようございますって、もう昼前だぞ？　いつまで寝ている気だ？」

「ああ、すみません。この拠点は外灯《がいとう》のおかげで夜も明るいので、ついつい夜更かししてしまうんですよね。気になる魔道具が多いですし」

男は身体を起こしながらそう答えた。

そうか……外灯は夕方以降でも活動しやすいように設置したつもりだったが、明かりがあると、こういう奴も出てくるのか。

よく見ると、外灯の頭の部分だけを取り外したものが寝床を照らすように設置してある。

自分で改造したのか、上手いことやったな。

時間があれば、各個人の寝床に設置する照明を作ってみるのもいいかもしれない。

そんなことを思案《しあん》していると……

「それで、ご主人様はどのような用件でいらしたのですか？　はっ……まさかっ!?　新しい魔道具が完成したんですかっ!?」

ビックリした。こいつ、魔道具のことになると一気にテンションが上がるな。

「いや、今回は相談に来たんだ」

「相談ですか？　私は魔道具以外に才能のない男ですよ？」

逆に、魔道具については才能があると言い切った形だな。

確かにスキルは所持しているようだが、よほど魔道具に関して自信があるみたいだ。

「で、その相談なんだけど、現在、この拠点では、俺以外の奴らのための長距離移動手段がない。みんな俺のロングワープに頼りきりの状態だ。それを、俺なしでもできるようにしたい。可能か？」

「それは、ご主人様なしでロングワープを可能にする魔道具を私が作れるか、ということですね？　いいですね、面白くなってきました。実は神話時代の遺跡《いせき》に関する文献《ぶんけん》に、『空間魔法』を利用した空間移動ができる門が存在する記述があったのを読んだことがあります。それは遺跡と遺跡を繋げるものだったらしいのですが、今は全て失われてしまったようです。文献によれば、場所の座標《ざひょう》指定と『空間魔法』か、それを内包した魔石を使用することによって作製は可能だと書かれていました。魔石関係は、収納袋に使われている『時空間魔法』の魔石で十分だと思われます。問題は座標の指定ですね。そもそも座標の割り出しをどういう基準《きじゅん》で行うかが……」

可能かどうか聞きたかったんだが、突然一人で喋りだしてしまった。

やはりこの男の魔道具に対する熱意は凄いな。それに、神話時代の文献を読んだことがあるなんて、もしかしてそれなりの地位にいた人物なのかもしれない。

なんで奴隷なんかやっているんだ？

「ご主人様、聞いていますか？　まず座標を割り出すために、この世界の構造を一から調べ直す必要が……」

「いやいや、ちょっと待て。とても世界の構造を調べている時間なんてない。代わりにちょっとこれを見てほしいんだが、これじゃあ駄目なのか？」

そう言いながら、俺は『地図化』スキルのマップを表示し、さらに『追跡』スキルを起動する。

「これは……？」

興味深そうに覗き込む男に、マップの右上に表示された数字を指差してみせる。

「これは一応俺が把握しているここら辺の地図だな。それで、今このポインターがお前だ。この数字を覚えておけよ？」

そう言いながら俺は男を連れて寝床の外に出た。

そしてまたマップの数字を見せる。

「どうだ？　移動したら数字も変動しているだろう？　それと、このポインターはエレナだな。ほら、移動するたびに数字が変動している。恐らく、これがさっき言ってた座標に当たるものだと思う。利用できそうか？」

振り向いた瞬間……

「凄いです!!　最高です!!　さすがご主人様は神様の使者です!!　これで!!　これでついに伝説の空間移動の魔道具を作ることができます!!」

お願いだから突然声のボリュームを上げないでくれ、心臓に悪い。俺が拠点で死んだら死因はショック死に違いないな。

うんざりしている俺にはお構いなしで、男は続ける。

「ご主人様!!　なんでそんなにテンションが低いんですか!?　空間移動の魔道具ですよ!?　いまだに歴史上誰も作り得なかった物をもうすぐ作れるかもしれないんですよ!?　……あ、こうしちゃいられない！　すぐに魔石を用意して、それに合わせて門も製作しないといけないし、空間維持の実験もやらなければ。実験に使う生物はゴブリン……じゃまずいか。それなら外で新たに捕まえてくれれば……」

またこいつは一人の世界に入り込んでいるな。

さて、俺はどうしようか。

魔石を用意するのはいいが、どの等級が必要なのだろうか？

それに座標を教えるのにも、俺がいないとマップが見られない。

ナミラ平原にも向かわないといけないし、早くこっちの世界に戻ってきてほしい。

「おーい、戻ってこーい」

「なんですか？　今私は忙しいんです‼　用がないなら話しかけないでください‼」

「いや、用はあるぞ。色々やらないといけないことはあるが、とりあえず、お前の名前を教えてくれ」

「名前ですか？　あれ？　言っていませんでしたっけ？」

「ああ、確実に聞いていない」

拠点に到着するなり魔道具に夢中になって駆けだして行ったからな。どうせそのまま忘れていたんだろう。まぁ、確認しない俺も悪いんだけど。

「名前はアルバートと言います。奴隷になる前は王都の魔道具研究所に勤《つと》めていたのですが、研究に夢中になりすぎて、ちょっと〝やらかして〟しまいまして、奴隷に落とされたんです。ハハハ……」

いったい何をやらかしたら奴隷まで落ちるのだろうか？

しかも労働期間が割と長かったはずだぞ。

まぁ、悪い奴じゃないから、構わないんだがな。

「でも、今では逆に奴隷になれて良かったと思っています。おかげでご主人様に会えましたし、こんな素晴らしい魔道具が数多く存在する拠点で働ける。しかも、まさか私が伝説の空間移動の魔道具製作に携《たずさ》われるなんて、まるで夢のようです」

気軽に頼んだ製作依頼が夢とまで言われるとは……

まぁ、喜んでくれているなら問題はない。

いずれ商売に利用するために収納袋を改造しようと思っていたのだが、それもこいつに頼んだ方がいいかもしれないな。相談してみよう。

「実は収納袋の改造も考えていてな……」

俺が話を始めるとすぐに――

「収納袋ですか？　面白そうですね‼　詳しく教えてください‼」

――アルバートは想像以上の勢いで食いついてきた。

「ランカ達――お前は会ったことはないだろうが、アルカライムの街で俺が雇った奴隷達が、今商売の勉強をしているんだ。その連中に、今後この拠点で生産した物を売ってもらおうと考えているのだけど、毎回こちらの生産した荷物を届けに行くには距離がある。普通に行って帰ると一週間近く掛かってしまう。そこで、この収納袋をどうにか改造して、こちらの荷物を向こうに届けられないかと思ってな。それと、できれば防犯関係もなんとかしたい。一応、収納袋は俺が認識しているから、盗《ぬす》まれても後を追えるんだが」

「いいですね！　いいですね‼　実に面白いです‼　これも先ほどの空間移動に関しての記述が応用できると思います。要は、ご主人様は収納袋同士で中身を行き来できるようにしたいわけですよね？　素晴らしい発想です‼　なんで今まで誰も気付かなかったのでしょうか⁉　これが発明できれば、この世界の物流が変わりますよ‼」

「わかった、わかったから、そんなに鼻息を荒くして近づいてくるな。それと、防犯関係はどうだ？」

「防犯関係でしたら、既に数多くの魔道具が販売されていますが、それでは駄目なのでしょうか？」

「うーむ、駄目というわけではないけど、この収納袋はあまり世に出すと良くないのだろう？　だとしたら、既に世に出回っている――何かしらの対策がされているかもしれない――魔道具よりも、一から作った物の方が安心できないか？」

「確かに。対策がされている可能性は否定できません。販売されている防犯の魔道具が無効化されてしまった事例は、研究所に勤めていた時に何度か耳にしました。わかりました、それも含めて作製を進めていきたいと思います」

「よかった。空間移動の門と収納袋、それに防犯関係と、一度に色々お願いしたが、大丈夫か？」

「ええ、問題ありませんよ。むしろこのアルバート、一世一代の大仕事に胸が高鳴《たかな》っているところです‼　ご主人様が出発されたらすぐにでも設計に取りかかります‼」

「そうかそうか、張り切ってくれているなら何よりだ。それで作製に必要な物は何かあるか？」

「はい。できるだけ純度《じゅんど》や等級が高い魔石と、魔力を通しやすい魔物の素材が欲しいです。あと、試験用にいくつか収納袋を貸してください」

「収納袋に関しては、予備で多めに作って倉庫に置いてあるから、それを持っていってくれて構わないぞ」

「ありがとうございます！」

問題は魔石と素材だ。最近、狩りはゴブ一朗達に任せっきりだから、素材とかに関しては全然わからない。

「近ごろはたまに七等級の魔石も取ってくるようになったが、これじゃあ駄目か？」

「どうでしょうか……。前人未踏《ぜんじんみとう》の魔道具開発なので、どれくらいの魔石が必要になるか、私にもわからないんです。ですので、試験用にもできるだけ純度や等級が高い魔石がいくつか欲しいんです」

ならば、ゴブ一朗達に相談するしかないか。

俺はその場ですぐにゴブ一朗とジャックに念話を送った。

（ゲギャ？）

（ご主人様、どうかしましたか？）

（ああ、実は色々と魔道具を作ろうと思ってな。それで、純度や等級が高い魔石や、魔力を通しやすい魔物の素材が必要になった。お前ら、何か当てはないか？）

（私はこの拠点に来たばかりですので、そこら辺はわかりませんね）

（ギャゲギャグ？　ゲゲギャググギャ）

（ああ、ゴブ一朗さんは『森の中央に行けばそんなのいくらでもある』と言っていますよ）

（それは俺も少し考えたが、森の中央部は俺達にとっては未踏《みとう》の地だ。ゴブ一朗達の探索成果からわかるように、森の中心に近づけば、より上質な魔石は手に入る。しかしその分、強い魔物と遭遇《そうぐう》するリスクが跳《は》ね上がる。ゴブ一朗達にそんなリスクを冒《おか》させるわけにはいかない）

（ギャギャグ、ギャギャギャゲググギャ。ギャギャギャググギャゲ）

ゴブ一朗の言葉を、ジャックがすかさず通訳する。

（『気にするな、それが俺達の仕事だ。主は俺達を信用して待っていろ』だそうです）

あらいやだ、もの凄くイケメンなセリフが飛び出してきた。

そうだな、これから拠点が広くなるにつれ、仕事を任せる機会が増えてくるだろうし、俺もゴブ一朗達を信用しないとな。

（ゴブ一朗、頼んだぞ？）

（グギャゲ）

（『任せろ』だそうです。この森でそんな風に言えるなんて、さすがゴブ一朗さんですね）

（ああ、頼もしい限りだ。俺はこの後ナミラ平原に向かうから、集めた素材等はアルバートに渡してくれ。わかるよな？　アルバート）

（ええ、『魔道具製作』スキルを所持している男ですよね？）

やはり名前を知らなかったのは俺だけか。これからはなるべくみんなの名前を覚えていかないとな。

「――ということだ、アルバート」

念話の内容をざっと説明すると、アルバートが頷いた。

「はい、ゴブ一朗さん達が素材を持ち込み次第、作製に取りかかります。それまでは設計図を書いて構造を練りたいと思います」

「ああ、頼んだぞ。俺はポチ達とナミラ平原に出発するから、また何かあったら連絡をくれ」

俺はそう言い残して、ポチ達が待っているであろう広場に戻った。

＊＊＊＊

あれから拠点を出発し、三日ほど走っただろうか？

道中、ポチの提案で戦争に使えるスキルを色々練習したり、魔石採取に行ったゴブ一朗達がよくわからない卵やらを持ってきたせいで拠点に呼び出されたりして、全然旅を楽しめなかった。

あいつら、俺にゆっくり観光させる気がないんじゃないか？　何か作為的《さくいてき》なものを感じる。

それでも、俺達はなんとか無事にナミラ平原に到着できた。

今、俺の目の前には見渡す限りの平原が広がっている。

……いやはや、この景色は凄いな。日本には地平線が見える場所なんてほとんどなかったから、こうして実際に目にすると圧倒される。

俺が風景を堪能《たんのう》していると、マリアが話しかけてきた。

「ケンゴ様は何を見ているのですか？」

「いや、この風景に圧倒されてな。俺の故郷は山ばっかりだったから、なおさらだ」

「そうなんですか。これくらいの平原は珍しくないので、ケンゴ様の故郷がどんなところか気になりますね」

珍しくないのか……

だが、やはりこういう風景を見ると、異世界に来たんだと実感するな。

しかも、ここで決戦が行われるのか。

どこにも隠れる場所がなくて、地形が利用できない分、純粋《じゅんすい》に兵力差で勝敗が決まるんだろうな。

「そもそも、エスネアート王国の戦力はどれくらいなんだ？」

その質問を受け、マリアが遠方を指差す。

その方向に視線を向けると、大規模な軍がキャンプをしているのが見えた。

凄く人数が多いな。何人くらいの人間がいるのか、ぱっと見ではわからない。

「とりあえず話を聞きに行くか」

キャンプへ歩きはじめると、後ろからマリアが慌てて声を掛けてきた。

「ちょ、ちょっと待ってください‼　ケンゴ様、まさかお一人でキャンプへ向かうつもりなのですか？」

「ん？　何か問題があるのか？」

「お一人での拠点外行動はエレナさん達に禁止されているはずです。キャンプに向かわれるのであれば、私達を同行させてください」

「ウォン‼」

「うーん、マリアはともかく、ポチが行ったら警戒されないか？」

「それでもです。もしケンゴ様に何かあったら取り返しがつきません。こちらがゆっくり近づけば、向こうもあまり性急な手は打ってこないでしょう」

まぁ、確かに約束を破《やぶ》ると後が怖いし、とりあえずマリアの言うことに従ってみるか。

俺とマリアはポチに跨がり、軍がキャンプをしている場所へと向かった。

キャンプに近づくと、多くの兵士が訓練をしたり、装備《そうび》の手入れをしたりしているのが見えてきた。

さて誰に話しかければ良いのかな？

話しかけやすそうな人を探していると、突然鐘《かね》の音《ね》が周囲に響き渡った。

「敵襲‼ 敵襲だ‼」

敵襲？ 驚いて周囲を見回すが、俺達以外は誰もいない。

……ああ、俺達のことか。ほら見ろ、やっぱり警戒された。

しかし、俺達の情報は伝わっていないのか？

「接敵《せってき》している部隊は抜剣して警戒せよ！ 弓部隊急げ‼ 敵は狼型だ‼ 敵の斥候《せっこう》かもしれん‼ 決して逃がすな‼」

全身装備を整えた兵士達が目の前にどんどん集まってくる。

確かにポチは魔物だけど、俺達が乗っているのが見えないのだろうか？ そもそも、俺いないぞ？

達は既に足を止めている。こんな呑気《のんき》に部隊が整うまで待ってくれる敵なんて、いな

「隊長‼　狼型の魔物の上に女性がいるのが確認できますが、いかがいたしましょう？」

「馬鹿が‼　魔物に跨がっているんだぞ？　普通の人間なわけがあるか‼　魔族か帝国の魔物使いに決まっている‼」

ポチに乗って近づいた俺が言うことじゃないかも知れないが、この隊長は駄目だな。状況を理解しようとしていない。こんなのが上官だったら部下はすぐに死ぬぞ？

それに、何故みんなして俺を無視するんだ？

マリアの前には俺が跨がっているというのに、俺を素通りしてマリアだけを認識するとはなかなか凄いことをする。

これは『隠密』だけの影響じゃなさそうだな。考えてみると、敵意を向けてくる相手からは高確率で見つかっていない。やはり神様が長く生きられるように俺の身体を弄《いじ》ったのが原因か……

確かに死ににくいが、他人に認知されないとか、非常に生き辛いぞ。

ホント、なんてことをしてくれたんだ、あの神様……

俺は目の前の現実と神の行動に大きな溜め息をついた。

……さて、落ち込むのも程々にして、どうやって状況を打破《だは》するか考えねば。

このまま待っていたら本当に攻撃されそうだ。

「マリア、何か良い方法は思い浮かばないか？」

「そうですね。あの様子だと、何をやっても無駄な気がします。……ケンゴ様のなさりたいようにするのが一番だと思います」

確かにそうだな……

目の前の兵士達は、さっきの上官の号令一つですぐにでも飛びかかってきそうだ。

これから一緒に帝国と戦うのだから、できれば穏便に事を運びたい。

無駄かもしれないが、とりあえず声を掛けてみるか。

そう決めて、俺は収納袋から拡声器を取り出した。

今までなかなか使う機会がなかったが、こういう場面に出くわすと、作っておいて良かったと思える。

俺はポチから降りながら、早速拡声器を使って声を張り上げた。

「こんにちはー‼　初めまして、ケンゴと申します‼　エスネアート王国の援軍として来ましたー‼　敵対するつもりはありません！　できれば武装を解除してください‼」

いきなり響き渡った大音量に、多くの兵士達がざわつきはじめた。

拡声器にボリューム調整機能を付けるのを忘れていたな。まあ、いいか。

さて、彼らはどう反応するかな？

「報告‼　魔物の側に突然不審な男が現れました‼　援軍だと叫んでいますが、いかがいたしましょうか？」

　部下の報告を受け、隊長らしき男が苛立たしげに答える。

「そんなことは報告しなくてもわかっておるわ！　そもそも人間二人と魔物一匹の援軍が来るなんて情報は一切届いていない。恐らく、奴も魔物に乗った女の一味だろう。惑《まど》わされるな！」

「了解です！」

　うーん、やはりマリアが言った通り、無駄に終わったか。

　確かに、こんな大軍勢に対して、無名の二人と魔物一匹が援軍として派遣されても、怪しいわな。

　でも、こちらは攻撃的な態度は一切取っていないのだから、せめて話くらいは聞いてほしい。

　どうしたものか考えているうちに、ついに上官の男が部隊を動かした。

「弓部隊、前方に矢を放て‼　最前列は敵が逃げぬように、距離を置いて包囲しろ‼」

「「了解‼」」

　その言葉が発せられた瞬間、俺達に向かって本当に矢が飛んできた。

　弧《こ》を描きながら飛んでくる矢を見つめ、俺は大きな溜め息を吐く。

なんで毎回面倒くさいことになるんだ？

まあ、俺達があまり考えずに動いているのが悪いのかも知れないが、話し合いをしようとする度に一悶着《ひともんちゃく》あるのにはうんざりだ。

これは『神の幸運』が働かないとかいうレベルではなく、呪いの部類に入るんじゃないか？　どうにかしてこの不幸さ加減を改善したい。

とはいえ、まずは目の前に迫《せま》る矢だったり兵士だったりをどうにかしないといけない。

俺は『風魔法』を発動して、矢の軌道《きどう》を逸らした。

「隊長、矢が！」

「クソッ……奴は魔法を使う。本隊に支援を要請しろ！　前衛《ぜんえい》、包囲が完成したら無闇に近づかず、牽制しろ！　どんな魔法を使うかがわかるまで攻撃は控えよ！」

よしよし、警戒して近づいてこないのならちょうど良い。

ついでに他の兵士達が突撃してきた時のために、『土魔法』で周囲に壁を造っておいた。

これで、上空さえ気をつけておけば大丈夫だろう。俺の『土魔法』で構築された物は、ゴブ一朗達でさえ破壊《はかい》不可能だからな。

壁で視界は塞《ふさ》がれるが、こちらは『地図化』スキルで認識した兵士達の動きが手に取るようにわかる。

ここからゆっくり交渉させてもらうとしよう。

俺は、いきなり出現した土壁を見て慌てる兵士達に向かって呼びかけた。

「すみませーん、こちらに攻撃する意図はありません！　よければ話だけでも聞いてもらえないでしょうか？」

壁越《かべご》しに向こうの兵士の声が聞こえてくる。

「た、隊長……」

「ふざけた真似を……前衛、その土壁を壊せ！」

隊長に命令された前衛の兵士達が何名か動き出し、外から壁に攻撃を加える。

「おい、壁の中のお前ら！　援軍というなら、それを証明してみせろ。何か証拠になる品は持っているんだろうな⁉」

証明する物って……ああ、この王家のメダルでいいか。王都のギルドでは効果抜群《こうかばつぐん》だったからな。

「今からそっちに投げます。踏まないように気を付けてください！」

そう言って、俺は収納袋から取り出したメダルを土壁の向こう側へと放り投げた。

「全員警戒！　壁の向こうから何か飛んでくるぞ‼」

そんな声の後、メダルが地面に落ちて甲高《かんだか》い金属音が響いた。『地図化』スキルで、メダルの周辺に人が集まっていくのがわかる。

「こ……これは！　隊長、大変です！　王家のメダルです。王家のメダルが壁の向こう側から飛んできました！」

「王家のメダルだと⁉　間違いないのか⁉　持ってこい‼」

少しして、焦《あせ》ったように報告する兵士とそれに応える上官の声が聞こえた。

どうやら無事にメダルに気付いたようだな。

このまま壁の中で待っていれば、向こうから何かしらアクションがあるだろう。

それから三十分ほど経ち、ようやく壁の外からこちらに声が掛かった。

「私はこの軍の右翼《うよく》を任されているガスタールという者だ！　王家のメダルを所持していた貴君と話がしたい。出てきてもらえないか？」

ようやくまともに話ができそうな人物が出てきたことに安堵して、ガスタールなる軍人に応える。

「魔法を解除して出ていくのは構いませんが、包囲している兵士達をなんとかしてもらえませんか？　壁との距離が近すぎます」

『地図化』で兵士のマーカーが離れたのを確認し、俺は土壁を解除した。

開けた視界の中で真っ先に目に入ったのは、大きな軍馬に跨がる大柄な男だ。

この人がガスタールさんだろうか？

男は俺の姿を確認すると、馬を降りてこちらに近づいてきた。

「私はエスネアート王国の将軍で、合戦では右翼を任されているガスタールだ。貴君が王家のメダルを所持していた者で間違いないか？」

「ええ、そうです。私はケンゴといいます。どうぞお見知りおきをお願いします」

「では、情報にあった、クリスティーナ様が雇われた援軍というのは貴君のことだな？」

クリスティーナ……？　ああ、第三王女か。

「ええ、間違いありません」

「そうか、まず確認もせずに貴君を攻撃したことを謝罪しよう。申し訳なかった。どうか許してほしい」

そう言うと、ガスタール将軍はその場で俺に頭を下げた。

さすがこの大軍の右翼を任されているというだけあり、優秀なようだ。対応が早い。

「構いませんよ。被害もありませんでしたし、こちらが魔物に乗ってきたことも原因の一つですしね」

「そう言ってもらえると助かる。エスネアート王国は『大森林』に面しているという土地柄のせいで、昔から魔物に対する警戒心が強いのだ。おまけに、帝国軍に魔物使いがいるという噂が流れていたのもあって、今はピリピリしている」

なるほど、それで魔物に跨がっているだけで攻撃してきたのか。さすがに判断が性急すぎると感じたが、彼らなりの理由があったというわけだ。

「そうだったんですか。それにしても、帝国軍に魔物使いがいるというのは初めて聞きました。その噂というのは確かなのですか？」

俺の質問にガスタール将軍は難《むずか》しい顔で答える。

「現段階では魔物使いの姿は確認されていない。しかし今回の侵攻《しんこう》で、帝国が数多くの魔物を投入しているのは確かだ。それで、魔物使いがいるのではないかと噂が流れている」

「魔物の種類はやはりゾンビやスケルトンばかりなんですか？」

「ああ、主にその二種類で、稀《まれ》にグールも交じっている。アンデッドが多いので、それに特化した魔物使いか魔法を利用していると分析している」

魔法か……

確かに、俺も魔法を駆《く》使《し》して魔物の仲間を増やしている。

帝国には、俺と同様に地球からこの世界に召喚された勇者がいるそうだ。ならば、そいつが似たスキルを持っていても不思議はない。

しかし、何故魔物がアンデッドばかりなのだろうか。勇者はそういうスキルの所持者なのか？

そう考えると、俺は恵まれている。

死体系の魔物ばかりじゃ、俺達みたいに一緒に楽しく暮らすのも難しいしな。

俺はポチとマリアを振り返り、拠点の仲間に思いを馳《は》せた。

しばらく俺達の様子を見ていたガスタール将軍が、声を掛けてくる。

「それで、これから一緒に本部に来てもらいたい。貴君らはそこの女性と狼型の魔物だけか？」

「ええ。〝今は〟この三人だけです」

「ということは、後で増えるのか？」

「ええ。三日後には百〜二百人程度になりますよ」

「そうか……」

ん？　心なしか、ガスタール将軍が落胆したように見える。

「何か問題がありますか？」

「いや、すまない。現状、帝国に対してこちらの戦力が少し心許《こころもと》なくてな。クリスティーナ様が雇った援軍は戦況を変えると聞いていたので、少々期待しすぎていた」

「つまり、私達はご期待に沿《そ》わないと？」

「いや、そうではない。クリスティーナ様が認められて雇った人物なのだし、実力的には申し分ないのだと思う。だが、いかんせん数が少ない。この規模の戦となると、百人強でできることはたかが知れているからな」

そうだろうか？

確かに一般人が百人集まったところで……というのならわかる。しかし、俺の拠点の奴らは――俺が言うのもなんだが――普通じゃない。ゴブ一朗達だけでも戦場をかき回せそうだ。

最終的にどうにもならなくなったら、俺が敵軍のど真ん中に全力の『爆炎魔法』をぶち込んでやる。そうすれば、戦況もひっくり返るだろう。

まあ、そんなことをしたら、帝国側にとって俺は魔物を引き連れた魔王みたいに見えるかもしれないけど。間違って勇者に討伐《とうばつ》されないように気をつけないといけないな。

「それはどうでしょうか？　私の仲間達はみんな強いですよ？」

そう言って、俺はガスタール将軍に笑《え》みを向けた。

その表情から俺の自信を見て取ったらしく、彼は興味深そうにこんな提案をしてきた。

「ほう、そこまで言うからにはかなりの手練れなのだな。よければ後で手合わせ願いたい。お互いの力を確認するためにもな。構わないか？」

「ええ、大丈夫ですよ。私は遠距離戦が得意なので、あまり相手にはならないかもしれませんが」

「それはそれでわかるものがある。勝敗ではなく、貴君らの力が知りたいのだ」

ガスタール将軍が真剣な顔で言った。それならと、俺は頷いて応える。

「そうですか。お手柔《やわ》らかにお願いしますね」

「では、早速本部にご同行願いたい。よろしいか？」

「ええ、行きましょう」

馬に跨がったガスタール将軍に先導され、俺達はキャンプの中を移動しはじめた。

さて、安請《やすう》け合《あ》いしてしまったが……どうしようか。

俺は戦闘の経験がほとんどない。

特に近接戦闘に関しては、全くないと言っても過言《かごん》ではないのだ。

今まで魔法か角ミサイルでどうにかしてきたからな……

まさか、ガスタール将軍に角ミサイルをお見舞いするわけにもいかないし、何か良い方法はないだろうか？

俺はマリアと共にポチの背に揺られながら、手合わせをどうにか切り抜けるために、久々にスキルブックを漁った。

ひとえに近接戦闘といっても、『剣術』や『槍術《そうじゅつ》』のような武器を使うもの、『拳闘《けんとう》』や『蹴闘《しゅうとう》』等の無手《むて》で戦うもの、さらに『見極《みきわ》め』や『歩行術』なるものまである。

最近、拠点の各部隊が戦闘訓練で大森林を駆け回っているから、そのポイントが溜まっている。

全部取得してもいいのだが、何か不測の事態に陥《おちい》った時の対処用にポイントを残しておきたい。

今回上限レベルまで取得するのは二つか三つくらいに抑えておこう。

さて、いったいどれを取得すればいいんだ？

前世の俺は武術とは無縁《むえん》の一般人だった。

魔法スキルの時のように、取得すれば自ずと使い方がわかるかもしれないが、戦闘で使いこなすには、ある程度練習が必要だろう。

ガスタール将軍は〝勝敗は関係ない〟と言っていたけど、ある程度の実力を見せなければ信用してもらえない。

ま、一人で考えていても仕方ないか。

「マリアは近接戦闘系で何か良いスキルとか知らないか？」

「近接戦闘系のスキルですか？　私もどちらかというと遠距離が得意なので……。ああ、リンに聞いてみてはどうですか？　あの子ならたくさんスキルを持っているから、組み合わせとかも詳しいかもしれません」

確かにリンは、他人のスキルを奪ってそれらを使いこなしながら、近接でガンガン攻めていくタイプだ。何か良いアイデアをくれそうだな。

早速念話で聞いてみよう。

（リン！　聞こえるか？　少し教えてほしいことがあるんだが、今大丈夫か？）

（ひゃ、ひゃい！　ケンゴ様、大丈夫です‼）

うん、もの凄く慌てているね。もしかして、何かの作業中に念話してしまったのだろうか。

だとしたら申し訳ない。

『念話』のデメリットは、話しかけられたら突然頭の中に声が響くことだ。電話の呼び出し音みたいな機能を付けられたら便利なんだがな。

それはさておき、今は念話の改良よりも近接戦闘だ。

（リンは近接戦闘系のスキルで何か良いものを知らないか？）

（近接戦闘系のスキル……ケンゴ様が使われるのですか？）

（ああ。この後少し手合わせをしないといけないことになってな。それなりの実力を見せる必要があるんだよ）

（なるほど。相手はどのようなタイプでしょうか？）

（タイプと言われても、ガスタール将軍とは先ほど会ったばかりで、詳細はわからない。腰に帯剣していたな）

そんな少ない情報からも、リンはガスタール将軍がどのような戦い方をするのか想像できたらしく、それに合ったスキルの系統を紹介してくれた。

（でしたら、物理に特化したものがオススメです。ケンゴ様が使われるのであれば、格闘系に『見極め』、それと身体強化系のスキルを取得すれば、まず負けないと思われます。この組み合わせなら、もし敵に接近されたとしても、ある程度かわして、転移で再び距離

を取ることも可能です）

おお、説明を聞いていると、確かに良い組み合わせのように感じる。

念話が終わったら早速取得しよう。

（ありがとう、助かったよ）

（いえ、お役に立てたのなら光栄です。それにしても、ケンゴ様が戦うなんて珍しいですね。そこにマリアはいないんですか？）

（ん？　いるぞ？　話すか？）

俺は振り返って、マリアにリンとの念話に交ざるように指示を出した。

（リン、どうかしましたか？）

（どうかしましたか、じゃないよ。なんでケンゴ様が戦うことになってるの？　バレたらエレナさんに怒られるよ？）

（うっ、しかしあの時は口を挟む隙がありませんでした。ですので、後で手合わせの時にケンゴ様と代わろうと考えています）

リンに責められ、マリアはしゅんと項垂れる。

あれ？　これはもしかして手合わせを回避できる流れか？　いつもいたいけな少女達を戦わせるのは悪い気もするけど……

（〝ケンゴ様は気が小さいけど、前線に出たがるから気をつけろ〟って、あれほどエレナさんに強く言われてたのを忘れたの？　ケンゴ様に万が一があってからでは遅いんだよ？）

……おい、誰が〝気は小さい〟だ。少し慎重派《しんちょうは》ではあるが、決してビビっているわけではないぞ。

俺が心の中で反論している間も、二人は話を進めていく。

（確かに、これは私の落ち度です。しかし、今回私は初めて一人でケンゴ様のお付きをしているのですよ？　多少の失敗は大目に見てほしいです）

（言い訳をするの？）

おお、なんだか二人ともヒートアップしてきたな。

マリアは少しカチンときたらしく、今回の失態《しったい》（？）の理由を説明する。

（言い訳じゃありません。リンもケンゴ様のお付きをすればわかります。ケンゴ様がいかに相談なくお一人で突《つ》っ走《ぱし》るかを）

……なんだろう、段々申し訳なくなってきた。マリアの名誉のためにも、手合わせは彼女に任せた方がいいかもしれない。

リンはマリアの置かれた状況を理解したのか、口調を柔らかくしながらも彼女に釘《くぎ》を刺《さ》した。

（それでも、現場にポチ先輩とマリアしかいないなら、マリアがどうにかしないと。ポチ先輩が動いたら、死人が出るよ？）

（そうですね、以後このようなことがないように気をつけないといけません）

（そうだね。『予知』持ちのマリアでさえその状況なんだから、エレナさんがいかに凄いかわかるよね）

（ええ、やはりケンゴ様の側にいるのはエレナさんが一番だと思います。いつもいったいどうやってケンゴ様の行動を読んでいるのでしょうか？）

（やっぱり愛かな？）

（間違いなく愛でしょうね）

こいつら、俺が念話を聞いているのを忘れていないか？

普通の会話からいきなりガールズトークみたいに変わってビックリしたぞ。

俺からしてみれば、お前らの方が予測不可能だ。会話に交ざれる気が一切しない。

（やっぱりかあ……最近エレナさん、どんどん綺麗になっていくもんね）

（はい、凄く羨ましいです。私もエレナさんに負けないくらいケンゴ様をお慕《した》いしていると思うのですが、特別変化があるわけではありません。何か秘密があるのでしょうか？）

（あ！　わかる！　私もケンゴ様のことは好きだけど、エレナさんとは何か違うんだよね。今度一緒にその秘密を探そうか？）

（いいですね。この戦争が終わったら二人でエレナさんにも聞いてみましょう）

（約束ね！）

（ええ、約束です）

会話が終わったマリアを見ると、満足そうに頷いている。

それにしても、愛か……

エレナも含めて、こいつらはまだまだ若い。聞かなかったことにしておこう。

俺は『鑑定』でこれから取得するスキルの説明欄《らん》を表示し、入念に読み込んだ。

とりあえず、リンのオススメ通りに５００ポイント使い『拳闘（必要値１００）』をＬＶ５まで取得し、同じく５００ポイントで『身体強化』をＬＶ１０まで上げる。さらに１５００ポイント使って『見極め（必要値１５０）』をＬＶ１０まで取得した。

このスキルブックは初期値が高いほど有能なスキルが多いので、恐らく『見極め』はかなり使える部類なのだろう。

それに加えて、共に必要値１５０の『物理耐性』と『魔法耐性』を１５００ポイントでそれぞれＬＶ５まで取得しておいた。

理由は簡単、俺は痛いのが苦手《にがて》だからだ。

恐らく、手合わせでは木刀《ぼくとう》などを使用すると思うが、それでも一発もらえば悶絶《もんぜつ》して戦闘不能になる自信がある。ましてや、目の前のガスタール将軍が装備している剣で手合わせした日には、剣を警戒しすぎて逃げ回っている姿が簡単に想像できてしまう。

あんなので攻撃されたらと思えば、誰でもこのくらい警戒するよ。

決して、ビビっているわけではないぞ？

スキルがなかったら俺はゴブリンにも普通に負けるし。

ミノタウロス戦などで斧《おの》を掻《か》い潜《くぐ》りながら攻撃を行っていたマリアとリンは、本当にどうかしている。

ひとまず、この耐性スキルがあれば、木剣くらいなら数発は耐えられるはずだ。

できれば一度どこかで試してみたいのだが、時間がない。

あとはマリアが手合わせを交代してくれることを祈ろう。

スキルを取得し終え、俺はスキルブックを閉じて改めてキャンプの中を見回した。

「それにしても、もの凄い人数だな……どれくらいいるんだ？」

俺の呟きに先導するガスタール将軍が答えてくれる。

「現時点で五万人ほどだな。決戦予定の三日後には七万人まで増える予定だ」

五万人もいるのか……

俺は従軍経験などないからよくわからないが、これほどの人数が同時に戦ったら、どうなってしまうのだろうか？

この世界は通信機器が発達しているわけではないし、末端《まったん》まで指示を伝えるのは難しそうだ。声を張り上げるにしても限界がある。

どんな戦い方をするのか、その結果どんな状況になるのか、全く想像できない。

先ほど、ガスタール将軍が〝百人強でできることはたかが知れている〟と言っていたが、確かに七万人もいれば、百人規模の助《すけ》っ人《と》は心許ないように感じるな。けれど、混戦《こんせん》になった場合、個の力や小隊の力量差が勝敗に影響を及《およ》ぼすこともあるはず。俺達にも活躍する場面はあるだろう。

「そもそも、エスネアート王国は七万人もいて負けそうなんですか？」

俺がふと口にした疑問に対して、ガスタール将軍は苦々《にがにが》しそうに顔を歪める。

「斥候からの報告では、帝国兵だけで六万人、さらに魔物を含めると十万人を超えるらしい。また、道中で我がエスネアート王国の集落や街を襲い、そこで得た死体を使って今も魔物を増やしているとの情報もある。このままだと、ナミラ平原到達時には十三万人強まで増える可能性があるそうだ」

なんと、相手側の戦力はこちらのほとんど倍か。

それにしても、魔物が増える速度が尋常《じんじょう》じゃない。本当にナミラ平原までの道中にそんな多くの人間がいたのか？

俺の違和感はガスタール将軍によってすぐに解消された。

「連中は女子供であろうと全て蹂躙《じゅうりん》し、魔物に変えているらしい。さらに、人間のみならず、魔物や動物達まで全てゾンビやスケルトン等に変えて戦力を増やし続けている。敵は本当に我が国を滅ぼす気のようだ」

道理で増員のペースが速いわけだ。

殺した生物を再度スキルか魔法で蘇《よみがえ》らせているところを見ると、間違いなく俺の『召喚』と似たようなユニークスキル持ちがいるはず。

それにしても、女子供も全て？　……帝国はいったい何を考えているんだ？

いくら魔王を倒すためとはいえ、やって良いことと悪いことがあるだろうに。

勇者を有する国のやり方ではない。

まさか、本当にエスネアート王国が魔王の手先だと思っているのか？

仮に王国が魔王の手先であろうと、そこに住む住人全てがそうだとは限らないというのに。

本当にこの戦争に勇者が関わっているのだろうか？

地球で培った倫理観を持っていて、この大量虐殺《たいりょうぎゃくさつ》を平然とやっているとしたら、なかなかイカレた奴だ。

「このままだと、我が国の敗北は目に見えている。戦況が長引けば相手の数がますます増えるからな。こんな地獄《じごく》に助っ人にやって来るとは、貴君も物好きだな。どうする？　今ならまだ逃げられるぞ。貴君はこの国の者ではないのだろう？」

ガスタール将軍はそう言うが、馬鹿にしてもらっては困る。

約束したからには全力を尽くすつもりだ。

逃げ出すのは本当にどうしようもなくなった時だ。

それに、やりたいこともできたし、帝国はここで止めておく必要がある。

このままだと、連中は大森林の周囲にあるという獣人の国や魔族の国にも、同じように攻め入《い》るだろう。

しかし厄介だな……。俺と違って、向こうは人を蘇らせる能力を隠していないから、思う存分力を揮《ふる》えている。つまり、死体の数が増えれば増えるほど敵の戦力が増すのだ。

敵のユニークスキル持ちを特定できれば個別に対処可能だが、何万人もいる人間を一人ずつ鑑定している暇はない。本気で戦争に勝とうと思ったら、もっと積極的《せっきょくてき》に動かなければ……

今から俺が『隠密』で敵軍に潜入《せんにゅう》して、進軍中やキャンプで休んでいるところに『爆炎魔法』や『土魔法』をお見舞いして逃げるのが一番良さそうだ。

だが、いくつか問題がある。

恐らく、『爆炎魔法』を使うと相手が内包している魔石まで破壊してしまう。それに、行方《ゆくえ》知れずの第一王女や勇者が戦場にいたら、巻き込んでしまう可能性もある。

あとは、うちの拠点の奴らが戦闘による経験値を得られないことか。

とりあえず、嫌がらせに食料でも奪いにいくか。

敵軍六万人分の食料を確保できれば、うちの拠点は安泰だろうしな。

後でホーク達鳥系の魔物に偵察《ていさつ》をお願いしよう。

「本部に到着したぞ」

ガスタール将軍に声を掛けられて視線を向けると、そこには一際大きく、目立つテントがあった。

「この中に総司令がいる。一応、貴君はクリスティーナ様が直々《じきじき》に雇われた援軍だ。挨拶を済ませておいた方が良いだろう」

挨拶か……。こんな大軍の総司令にいったいどんな挨拶をすればいいんだ？

いつもならエレナが出てきてくれるのだが、今日はいない。

俺は今さらながらにエレナのありがたみを感じながら、テントの中に入った。

テント内部の中央には会議用と思《おぼ》しき大きな机があり、その向こう側――奥の小さな執務机《しつむづくえ》に一人の男が座っていた。

ガスタール将軍はその男に敬礼《けいれい》する。

「総司令、今、お時間はよろしいでしょうか？」

総司令と呼ばれた男が顔を上げ、一つ頷いてガスタール将軍に先を促した。

「ガスタールか、どうした？　何か問題が起きたか？」

「いえ。例のクリスティーナ様の援軍をお連れいたしました」

「そうか、それで……その援軍はどこにいる？」

男は視線を周囲に巡らせた。

『隠密』によるこのやり取りにもかなり慣れてきたな……

俺はいつも通り手を挙げながら一歩前へと出る。

「私ならここにいますよ」

男は一瞬俺に刺すような視線を向けた後、興味を失ったのか、再びガスタール将軍に向き直った。

「この冴《さ》えない男が妹の雇った援軍だと？　ガスタール、冗談も程々にしろ。それとも、こいつが敵に勝てるくらいの大軍勢でも連れてきたのか？」

露骨《ろこつ》に小馬鹿にする総司令にも、ガスタール将軍は淡々と言葉を返す。

「いえ、現在確認できているのは、この男と若い娘、さらに狼型の魔物一匹だけです。この男の話では、三日後には百人強の部隊が到着し、我々と合流するようです」

「はっ、話にならんな。妹はどうしてこんな男を雇ったんだ？　下手《したて》に出るから過分《かぶん》な報酬を要求されるんだ」

酷い言われようだ。確かに、俺は『偽装《ぎそう》』のスキルで冴えない見た目になっているかもしれないが、うちの拠点の奴らは本当に強いぞ？

それにしても……この男、第三王女のことを妹と言ったか？

外見は確かに王子だと言われても違和感のないイケメンだけど……

第三王女関係では今のところ碌《ろく》な目にあってないから、あまり関わりたくないな。

「何か言いたいようだな。貴様は本当に戦況を理解しているのか？　この状況を覆せる存在など、神か伝説の勇者か魔王くらいなものだ」

半《なか》ば投げやりになって毒づく総司令に、俺は率直に尋ねる。

「総司令殿《どの》はこの決戦に勝利するつもりはないのですか？」

「不可能だ。国境線で大敗し、国土に侵入された時点で帝国に勝てないことは既にわかっていた。奴らの使う魔物の軍勢は痛みを知らん。そして、殺せば殺すほど、さらに新たな魔物ができあがり、軍勢は増え続ける。そんな相手にどう勝てというのだ？　我々は戦争に勝利するためではなく、国民を一人でも多く逃がすために、この決戦に臨《のぞ》む所存《しょぞん》だ」

ほうほう、魔物はアンデッドだから、痛みを知らないのか。これはゴブ一朗達に忠告しないといけないな。

「では、私達はこの戦線を維持すればいいのでしょうか？」

「百人強で何ができる？　笑わせるな」

確かに、百人強じゃ厳しいかもしれないが、人を逃がすための時間稼ぎなら、俺の『土魔法』はうってつけだと思う。壊れたらまたすぐ直せば良いし、戦わないのであれば、魔力ポーションが尽きるまでいくらでも敵を足止めする自信がある。

俺は笑みを浮かべて総司令に応えた。

「それはやってみないとわからないと思いますよ？」

俺の態度を訝しく思ったのか、総司令はガスタール将軍に問う。

「えらく自信があるようだな。ガスタール、こいつはそんなに強いのか？」

「この後、ケンゴ殿の実力の程を確認するために手合わせをするつもりです」

それを聞いた総司令が、再び俺に顔を向けた。値踏《ねぶ》みするような視線に居心地《いごこち》が悪くなる。

「ガスタールと手合わせ？　本当に大丈夫なのか？」

総司令は武人らしからぬ俺の格好を見て、不安を覚えたらしい。できれば俺も手合わせは遠慮《えんりょ》したいくらいだが、これ以上話をややこしくしないために、少し手の内を見せておこう。

「どうでしょうか？　納得していただけるかはわかりませんが、私は魔法を使えます」

「貴様、魔法使いだったのか。何か使ってみせろ」

「ええ、構いませんよ」

手合わせに比べたら、お安いご用だ。

さすがにテントの中でお披露目《ひろめ》するわけにはいかないので、俺達は二人を連れて外に出た。周囲には、本部のものよりも小さいテントがいくつも張られている。

「敵はどちらから来るかわかりますか？」

ガスタール将軍が指をさして教えてくれる。

「あちらからだ」

なるほど……それじゃあ、やりますか。

俺はキャンプ地の向こう側、敵が攻めてくるという方向に、いつも拠点でやっているみたいに『土魔法』を発動して壁を造っていく。

今回は急造《きゅうぞう》なので、整地などはなしだ。

一応、拠点みたいに壁の上から弓が撃《う》てるようにしておくか。

俺は頭の中で構想を練りながら、『土魔法』で高さ十メートルを超える壁を築き上げていった。

しかし、ここで問題が発生した。

周囲で休んでいた兵士達が、いきなり大きな音を立てながら出現した壁に驚いてパニックになっているのだ。

俺の脇《わき》にいる二人もあんぐりと口を開け、呆けている。

どうしよう、ちょっとやりすぎたかな？　なんて思ったが、それも一瞬だった。

総司令が周囲の兵士達に指示を出した。

「おい‼　お前ら、皆に問題ないことを伝えてこい！」

「「はっ‼」」

さすが総司令といったところか。判断が早い。

一瞬やりすぎたかと焦ったけど、大丈夫そうだし、防壁の上部に上る階段でも造っておくか。

俺が呑気に壁の微調整をしていると、総司令とガスタール将軍が感嘆《かんたん》の声を漏らした。

「しかし驚いたな……我が国にもこれほど大規模な魔法を行使できる者はいないぞ」

「なるほど。貴君が〝遠距離が得意〟と言っていたのは、これが理由か」

「俄然《がぜん》手合わせに興味が出てきたぞ。よし！　早速、ここでやってみせろ」

え、今から⁉　ちょっと待て、俺にも心の準備が必要……というか、まだ壁の硬化《こうか》中だ。

すると、俺の後ろからマリアが一歩前に出てきた。

「少々お待ちください」

突然話に入ってきた女の子に、総司令とガスタール将軍の視線が集まる。

「貴様は？」

「私はケンゴ様のお供のマリアと申します。手合わせについてですが、ケンゴ様がお相手した場合、死者が出る可能性があります。ですので、私が代役を務めたいと思うのですが、いかがでしょう？」

おいおい、死者が出るは少し言いすぎじゃないか？　ガスタール将軍も、女の子にそこまで言われては立つ瀬《たせ》がないだろう。案の定、彼は少しひきつった笑みを浮かべている。

「ほう、お嬢《じょう》さんは、私が死ぬ可能性があると言っているのか？」

「はい。ケンゴ様は手加減が苦手なので、十中八九死亡するかと思われます。最低でも私を圧倒できる力量がないと、かなり危険です」

もの凄いことを言っているが、マリアの中で俺はいったいどのような存在なのだろうか？

一度確認する必要があるな。

ガスタール将軍は、マリアがあまりにも真剣なので、ひとまず信じることにしたようだ。

「面白い……では、まずお嬢さんに手合わせをお願いしようか」

「ええ、次は恐らくありませんので、全力でお願いいたします」

二人は視線でお互いを牽制しながら、テント前の広場で手合わせの準備を始めた。

＊＊＊＊

今俺の目の前には、距離を取って相対しているマリアとガスタール将軍がいる。

周囲には多くの兵士達が見物に来ていた。どうやら壁の出現によるパニックは収まったらしい。

彼らの話し声がこちらまで聞こえてくる。

「おい！　聞いたか？　あのガスタール将軍が本気で手合わせをするらしいぞ？」

「ああ、将軍に手合わせをしてもらえるなんて羨ましいが、使うのは真剣なんだろ？　俺ならご免だね。まだ死にたくない」

「だが、あの娘は誰なんだ？　まだかなり若いじゃないか。二十いってないだろ、あれ」

「そもそもなんで手合わせをするんだ？　犬獣人だからさっきの魔物騒動の連中に違いないが、見せしめか何かか？　綺麗な子なのに、可哀想に……」

「でも、王家のメダルを持ってるって話じゃねーか。だったら見せしめではないだろ」

兵士達の間でも色々と情報が錯綜《さくそう》しているようだ。

それにしても、いくら『予知』があるからって、真剣で手合わせをするとは……一歩間違えると死ぬ可能性もあるが、大丈夫か？

俺がそんな不安を抱きながらマリアを見ていると、総司令が話しはじめた。

「これから我が国のガスタール将軍と、我が妹――第三王女クリスティーナが雇った援軍の一員である獣人の娘が手合わせを行う！　武器に制限はなし、どちらかが降伏するまで続けるものとする。ただし、お互い相手を殺すことは許さん！　正々堂々と我が軍に実力を示せ！　双方準備はいいか？」

「いつでも」

ガスタール将軍が応えると、マリアも頷く。

「ええ、始めてください」

「それでは、双方構えろ！」

ガスタール将軍が腰の剣を抜き、マリアは弓に矢をつがえ、睨み合う。

「始め！」

総司令の合図と同時に、二人が動き……出さない。

あれ、確かに合図は出たよな？

ガスタール将軍がマリアを油断なく見据えながら口を開く。

「どうした？　矢を放たないのか？」

「あなたこそ、全力でとお願いしたにもかかわらず、何故向かってこないのですか？　もう始まっていますよ？」

「そちらの実力を見る手合わせだ。私が動けば、打ち合わないまま終わってしまう。それでは意味がないだろう」

「そうですか、ではお言葉に甘えて、先に攻撃させていただきますね。何もできなかったことを後悔しても知りませんよ？」

「強気だな……まあいい。さあ、お前の力を見せてみろ」

その瞬間、マリアの周囲に異変が生じた。

――水だ。

水がマリアを囲み、円を描くように回りはじめている。

時間が経つにつれて、水はどんどん増えている。

それにしても凄い量だ。空気中の水分を集めているのだとしても限界があるぞ。

周囲の空気が乾燥《かんそう》していくわけでもなく、むしろ湿気《しっけ》は多い気がする。このことから、何か別の供給源《きょうきゅうげん》があるのだろう。

どういう仕組みか、後で聞いてみよう。

「素晴らしいな！　お前も魔法を使えるのか！　だが、水を出してどうする？　ウォーターボール程度では私を倒すことはできぬぞ？」

「お気遣いありがとうございます。ですが大丈夫です。もう終わりました」

「なんだと？　どういう……」

ガスタール将軍の言葉を遮るように、マリアの周囲にある水が急速に集まりだした。

空中に浮かぶ球状の水は、既に直径三メートルは超えている。

マリアはこの水をどう使うのだろうか？

そんな疑問と共に見つめていると、突然水の球が弾《はじ》けた。

テント前の広場一帯に、水が音を立てて降り注ぐ。

周囲の兵士達は、ゲリラ豪雨《ごうう》の如《ごと》き急な大雨に大慌てだ。

そりゃあそうだ。さっきまで晴れていたし、そもそも本当に雨が降ってきたわけではない。今も空を見れば太陽が明るく照りつけている。

俺も癖《くせ》で思わず傘《かさ》を探すが、当然そんな物は持っていない。

俺は今度傘を作ろうと心に決め、諦めてマリアが降らせた雨に打たれることにした。

それにしても、やはり濡《ぬ》れると寒いな。

……ん？　寒い？　雨に濡れたとはいえ、今も日差しの強さは変わらないのに。

よく見ると、吐く息が白くなってきた。

……なるほど、上手いこと考えたな。これがマリアの作戦か。

俺はマリアの意図を理解し、ガスタール将軍の方を見る。

まともに水を浴びた彼は、構えこそ崩していないものの、明らかに寒そうだ。

そういえばマリアは、以前も魔法で氷を飛ばしていた気がする。

次の一手はどう動くのか期待しながら見ていたら、突然、ガスタール将軍の目の前の地面から一本の氷の棘《とげ》が突き出た。

彼は棘が触れるギリギリのタイミングでようやく後ろに跳《と》んでそれを回避する。

濡れた服とこの寒さが急激に体温を奪ったからか、身体が思い通りに動かないらしい。

おいおいマリア、もし回避がもうちょい遅れていたら将軍の腹に穴が空《あ》いていたぞ。

殺したら駄目だってことを忘れたのか？

俺がはらはらしている間にも戦闘は続く。

将軍は後ろに跳んで回避したところまでは良かったのだが、今度は着地点にも氷の棘が飛び出した。

一本目と同様にすんでのところでこれを避けたものの、さすがにその次はどうしようもなく、氷の棘は将軍の足に突き刺さった。

ガスタール将軍が足を庇《かば》って体勢を崩したところに、さらに周囲の地面から複数の氷の棘が突き出て動きを制限する。

将軍の逃げ場がなくなった瞬間、マリアが空中に展開した氷の矢の一本が将軍の肩に命中した。

彼は歯を食いしばりながら視線を上げ、マリアを見た。

そこには既に複数の氷の矢が展開しており、さらにマリアの頭上には一本の特大の氷の槍《やり》が形成され、将軍に狙《ねら》いを定めていた。

相変わらずマリアは凄い。魔法もそうだが、何より怖いのは『予知』だ。

回避した先の先まで手を打たれたら、どうやって攻撃を避ければいいんだ？

ガスタール将軍は体勢を崩しただけだったが、俺なら確実に倒れこんでしまう。そして倒れた先には……ああ、考えるだけで恐ろしい。

マリアは弓を構え、氷の矢と槍で狙いを付けたまま、ガスタール将軍に声を掛ける。

「……どうしますか？」

「ああ、参った。私の負けだ」

将軍が負けを認めた瞬間、先ほどの寒さが嘘のように消えて、暖《あたた》かさが戻った。

それにしてもマリアの奴、結構派手にやったな……

真剣勝負とはいえ、将軍は肩と足を負傷したようだが、大丈夫だろうか？

呆然とする観衆の中、ぱちぱちと拍手《はくしゅ》する音が聞こえてくる。

音のする方を見ると、総司令が満足そうに頷いていた。

「さすがは妹の雇った援軍の一員だけある。ガスタールを無傷で倒すなど、思いもよらなかったぞ。そして貴様はあの娘よりはるかに強いという話だ。ははっ、これは期待できそうだ。我が妹に感謝せねばならないな」

いや、待て待て。俺はマリアよりは弱いと思うぞ？　得意なのは逃げることくらいだ。

「まだ貴様の名前を聞いていなかったな。名はなんという？」

「私はケンゴといいます。とりあえず、うちのがやらかして怪我させた将軍を、先に治療させていただいてもいいですか？」

「貴様は回復魔法も使えるのか？　それは助かる。ガスタールは我が軍の要《かなめ》の一人だからな。私はレルドだ。レルド・ガスファァリウス・ヴィ・エスネアートだ。このナミラ平原での総指揮を任されている。覚えておけ」

ああ、大丈夫だ。レルドの部分は忘れないようにする。

そもそもなんで王族はこんなに名前が長いんだ……不便じゃないのか？

俺は今まで会った王族の名前を思い出しながら、ガスタール将軍を治すためにテント前の広場へと移動した。

＊＊＊＊

ナミラ平原に到着してから三日が経ち、決戦の日の朝を迎えた。

俺は今、ガスタール将軍率《ひき》いる右翼軍にいる。

今日に備えて、取得したスキルの練習をしたり、相手を攪乱するために物資を奪いに行ったりしたが、その努力も虚《むな》しく、どうやら俺達は真ん中に陣を敷《し》く主力からは外されたようだ。

まあ、突然現れた援軍に主力を任せたりはしないか。

相手方から強奪した物資は、食料関係が多かった。パンや干《ほ》し芋《いも》、干し肉等、日持ちする食べ物が多数貯蔵《ちょぞう》されていたので、報告せずに頂いておいた。

我が拠点には時間停止機能付き収納袋があるから食料には困っていないものの、調理をしなくても食べられるものが手に入ったのは大きい。有事の際には料理している暇などないからな。

この物資強奪の際の戦闘経験から、帝国の兵士は単体であればそこまで手こずる相手ではないことが判明した。

また、魔物達もどうやら簡単な命令しかこなせないらしく、動きは単調だ。

恐らく帝国兵以外の生物を手当たり次第襲うように指示されているだけだろう。

魔法を展開してもそちらに意識を向けず、闇雲《やみくも》に突《つ》っ込《こ》んでくるといった有様《ありさま》である。

帝国軍の大部分を占《し》める魔物が、物理攻撃をするだけの思考停止した連中ならば、決戦は思っていたよりも有利に運べるかもしれない。

そしてもう一つ。倒した魔物の魔石を使用して召喚を行ったら、アンデッドではなく、生前の人間の状態で復活した。これは今回一番の収穫だ。

つまり、魔石さえ無事なら、帝国によって殺された人達を助けられる。

決戦前にわかって本当に良かった。

なるべく多くの人達を復活させれば、彼らの家族も見つかりやすくなるし、元の生活に戻れる可能性も増える。

もっとも魔物の数が多すぎて、全ての魔石を回収することは不可能だし、俺達の拠点でもそれだけの人数を受け入れる準備はないのだが。

こうした成果があった一方、第一王女の消息《しょうそく》や帝国の勇者に関する情報は、ほとんど得られなかった。

唯一わかったのは、この世界に召喚された勇者は複数いるということだけだ。

その中に日本人がいると嬉しいのだけれど……

頭の中で手持ちの情報を整理していると、ガスタール将軍が歩み寄ってきた。

「考え事かね？　やはり後悔しているのではないか？」

「いえいえ、後悔はしていません。身内のことなんですが、私も色々と悩みが多いんですよ」

俺はやれやれといった顔をしてみせる。

将軍は気に留《と》めるふうもなく、頷いて話題を変えた。

「そうか。ところで、貴君の仲間はいつ来るんだ？　昼前には戦闘が始まるぞ」

「ああ、すぐに来ますよ。その前に、いくつか相談があります。私達を第一陣に配属していただきたいのと、私達が倒した魔物は、素材も含めて所有権《しょゆうけん》を認めてほしいのです。可能でしょうか？」

すると将軍は珍しいものでも見るかのような視線を向けてきた。

「素材に関しては武功《ぶこう》の関係で首を持ち帰る者もいるので問題ない。配置の件も了解した。しかし、本当に第一陣でいいのか？　最も被害が出る場所だぞ？　敵の第一陣は魔物だ。下手《へた》をすると全滅する可能性もある」

「ええ、構いません。ガスタール将軍達は私達が接敵した後、戦況を見てから軍を動かしてください。それと今から仲間を呼びますが、兵士達に驚かないよう周知してもらえませんか？」

今回の戦闘に間に合わせて、アルバートが〝空間移動魔道具〟を一対《いっつい》作ってくれた。

しかし、試験した時に見た光景はなんというか、凄かった……。

何も知らずにその場に居合わせたら、確実に全力で逃げたくなる光景だったよ。

「それは構わない。それに貴君の仲間に魔物がいるのは既に周知の事実だ。今さら声掛けせずともよかろう」

いや、ガスタール将軍はゴブ一朗達の姿を侮っている。

装備を付けたゴブ一朗達が出現する様子は、俺が見てもビビるくらい物々しい。

まぁ、そちらがいいのなら俺としては構わないのだが、後で文句は言うなよ？

「では、早速今から呼びますので、もし周りが混乱したらよろしくお願いしますね」

「ああ、任せろ」

俺は収納袋から例の空間移動魔道具を取り出し、拠点に念話を入れた。

この空間移動魔道具は魔物の骨で作られており、なんとも禍々《まがまが》しい見た目をしている。

言ってしまえば、骨で作られた悪趣味《あくしゅみ》な枠《わく》といった感じの構造だが、空間を繋げて中から何かが出てくる様《さま》は異様そのもの。さながら小型の魔界の門といった感じだ。

拠点にある魔物の素材が骨だけだったというのもあるとはいえ、作った奴――アルバート――のセンスを本当に疑う。

「それは……なんだ？　悪魔でも召喚するつもりではなかろうな？」

ガスタール将軍が唖然としているのも仕方ない。何も知らない人がこの魔道具を見たら、その場で卒倒《そっとう》しそうなデザインだ。

「いえ、見た目が悪いだけなので、気にしないでください」

程なくして、空間移動魔道具に嵌められた魔石が光り出した。

ガスタール将軍がその様子をしげしげと眺める。

「仲間を呼ぶと言っていたが、まさかこの魔道具はその収納袋と同じく『空間魔法』の技術が使われているのか？」

「どうでしょうか？　知り合いに『魔道具製作』が得意な男がいまして、彼が収納袋やこの扉など、私達の使う魔道具を製作しているのです。詳しくは私にもわかりません」

「そうか、それがあれば我が軍の進軍も楽になると思ったのだが。……どうだ？　一つ譲ってくれないか？」

確かに、この扉があれば戦争を優位に進められるかもしれない。ただ、俺は今のところ、これを誰かに譲るつもりはなかった。

「その男が、あまり広めてほしくないらしいので、申し訳ありませんが……」

「やはり無理か、残念だ」

ガスタール将軍は名残惜《なごりお》しそうに俺の収納袋を見るが、身内以外にはあまり持たせたくない。

この後、ランカ達のためにいくつか収納袋を繋げる予定だし。

そうこうしていると、空間移動魔道具の中の空間が歪み出し、そこから予定通りゴブ一朗が出てきた。

ん？　ゴブ一朗……だよな？

空間移動魔道具から出てきたのは、黒っぽい茶色の装備を身に付けたゴブリンらしき男だ。

ドワーフのゴラン達が新調《しんちょう》した装備に、俺が『土魔法』でコーティングしたものを身につけているから、うちの拠点の奴で間違いないのだが……なんだ、その仮面は。

後から続々と出てくる奴らもみんな、見たことのない揃いの仮面をつけている。

そんな見た目で出てくるなんて聞いていないぞ？　装備に合うように作ったつもりだろうが、禍々しさが尋常じゃない。

ほら見てみろ、周囲の人達もドン引きだ。

……だいたい、俺の分の仮面はどこだ？

拠点メンバーでお揃いなら用意していてもいいと思うけど、この雰囲気だと、恐らく俺のは確実にないな……

相変わらず、変なところで冷たい奴らだよ。

ようやく全員の移動が終わり、ゴブ一朗を筆頭に俺の前に集まってくる。

全員が整列すると、一斉に跪いた。

……お願いだからやめてくれ。周囲の視線が痛い。

代表してエレナが声を掛けてくる。

「ケンゴ様、お待たせいたしました。ゴブ一朗指揮下、戦闘員の準備が整いました。なんなりとお申し付けください」

俺はこんな時、何を言えば良いんだ？

ただの一般人には荷が重い。

とりあえず、王国軍の手前、それっぽいセリフを言っておこう。戦闘時の指揮はゴブ一朗が執るだろうし、細かいことは随時《ずいじ》調整していけば問題ないだろう。

「ああ、この決戦はお前らの力に懸かっている。俺達の前に立ち塞がる者全てを屠《ほふ》り、俺に勝利を献上《けんじょう》しろ。わかったな？」

その瞬間、ゴブ一朗達から戦場全体に響き渡るほどの雄叫《おたけ》びが上がった。

おい、勝手に拡声器を装備している奴は誰だ？

俺はあまりの声量に耳を塞ぎながら、ゴブ一朗達のテンションが落ち着くのを待たなければならなかった。

＊＊＊

「……もうすぐ昼ですが、戦闘は開始されるのですか？」

ようやく落ち着きを取り戻したゴブ一朗達を先に配置場所へ向かわせた後、俺はガスタール将軍に尋ねた。

何か明確に開始の合図とかはあるのだろうか？

既に前方には帝国軍が布陣《ふじん》しており、平原が大量の魔物で埋め尽くされている。

右翼側だけでも一万はくだらないと思われる。

これを全部処理するのは骨が折れるな。ゴブ一朗達をどう補助するかが鍵《かぎ》だ。

ガスタール将軍は俺の質問に丁寧《ていねい》に答えてくれた。

「これは一応国同士の戦争だ。儀礼《ぎれい》にのっとって、最初にお互いの降伏勧告がある。その後、勧告に従わない意思を伝えると戦争が開始される。まあ、勧告はまず間違いなく拒否されるので、こちらと敵の使者が陣に戻った時点で戦争の始まりだ」

ほうほう、そんな決まりがあるのか。

「しかし、帝国は今までにも数多くの集落や街を落としています。それは問題ないのですか？」

「帝国は最初に王国に対して降伏勧告をしている。それを王国は拒否し、国境沿いで大敗した。その後も帝国軍は街や集落を襲撃する際に降伏勧告を行っているはずだ。しかし生存者が一人もいないので、実際のところは定かではない」

マジか……目撃者さえ消してしまえばやりたい放題じゃないか……

それが許されるなら、俺達は転移で攻め入って根こそぎ奪った後、再び転移で帰る――なんてやり方も可能だ。相手からしたら、何に攻められているのかすらわからないまま戦う羽目《はめ》になるだろうから、実害と精神的疲労も考えればかなりの打撃を与えることができる。

まぁそんな仁義《じんぎ》を欠いたことをするつもりはないが……

ガスタール将軍は苦虫《にがむし》を噛み潰したような表情を浮かべて続ける。

「だが、今回の帝国はやりすぎだ。王女誘拐に我が国民の惨殺《ざんさつ》、そして犠牲者《ぎせいしゃ》を供養《くよう》するどころか、その死体を利用して魔物まで作り出している。このことが知れ渡れば、各国からの非難《ひなん》は必至だ。恐らく、帝国は我が国を滅ぼして他国を黙らせるつもりだろうが、そうはさせない。我々が足止めしている間に、国王も含め、多くの国民が大森林を抜けて獣王国へと逃亡する手筈だ。そしていつか必ず、我々の無念を国王様が晴らしてくださるであろう」

じゃあ、王女達も逃亡するのか？

そんな話は聞いていないが……俺達が移動している間に事情が変わったのかもしれない。

それにしても、やはりこの軍隊の主目的は足止めか。

昨日から敵が集まってくるにつれ、士気が上がるどころか下がってきている気がして不思議に思っていたのだけど、こいつらは元々勝つ気がないみたいだな。

中には、これからお通夜《つや》にでも行くのかと思うほど意気消沈《いきしょうちん》している者もいる。

そりゃ、死地に向かうのであればテンションが下がるのもわかる。嫌々《いやいや》従軍している者も多いのだろう。

俺はすっかり諦めムードの将軍に、率直に尋ねる。

「ガスタール将軍は、この戦いに勝つ気はないのですか？」

彼は首を横に振る。

「遺憾《いかん》ながら、現状の戦力で勝つのは不可能だ。我々は王国のために少しでも多くの時間を稼がねばならん」

「それにしたって士気も低いようですし、このままだと無駄死にするために行くだけじゃないんですか？」

俺が少し切り込むと、将軍の目の色が変わった。

どうやら俺が軍を馬鹿にしていると思ったらしい。

「死地に向かうんだ、士気を保つ方が難しい。それでも、家族や国民を守るために、この決戦に命を懸けて臨んでいる。逃げ出す者がいないのがその証拠だ。あまり我が兵士達を愚弄《ぐろう》すると、いくら貴君であろうと斬り伏せるぞ？」

「いいえ、そういうわけではありません。無駄死にするくらいでしたら、できればみんな、私が造った壁の後ろに下がっていてほしいのですが……」

「確かに、敵も急にできた壁に困惑している様子だ。しかし、壁が壊されたらどうするつもりだ？　壁を守りながら戦うことが、時間を稼ぐのに最も有効なのではないか？」

うーん、あの壁はちょっとやそっとじゃ壊れないと思うが……この調子じゃ納得してもらえない気がする。

ここは、俺達が自由に動けるように交渉するのがいいか。

「そうかもしれません。しかし、私達が第三王女に約束したのは、こちらの勝利。私達は敵を殲滅するために動きます。ガスタール将軍は壁を守るのに徹《てっ》してもらって構わないので、できれば私達の邪魔をしないでいただきたいのですが……」

俺がそう言うと、彼は腰の剣を抜いてこちらに向けた。

「愚弄すれば斬ると言ったぞ？」

「……勘違いしないでください。私達は本当に勝つつもりでいるんです。もし私達が全滅しそうになっても、無視してもらって構いません」

将軍からすれば、両軍が激突《げきとつ》する前に、ほとんど部外者の部隊が敵陣に突っ込みたいと言われているだけだ。損《そん》はないはず。

「たった百人強で、本当に万の軍勢を相手にするつもりなのか？」

「ええ、そのつもりです」

「そうか……もし本当に貴君らの力で帝国を退《しりぞ》けられたら、私も可能な限り貴君らの願いを叶えてやろう。魔物の素材が欲しいのだろう？　貴君らが倒した物以外も受け渡しできるように手配しよう」

おっ！　報酬自体は第三王女から貰えるが、アンデッドになった国民を一人でも多く召喚するためにも、ゴブ一朗達が倒した奴以外の魔石が手に入れられるなら、報酬としては十分だ。これは嬉しい誤算《ごさん》だな。

そんな話をしているうちに、中央軍から馬に乗った一団が敵の方へと向かって動き出した。

ああ、あれが例の降伏勧告の使者達か。

もうすぐ決戦が始まるな。

「そろそろ始まりそうなので、早速私達の力を一つお見せしますね」

「何をする気だ？」

「まぁ、見ていてください」

俺はそう言って念話で仲間に合図を送った。すると……

――戦場全体に、歌声が響き渡った。

初めてちゃんと歌う声を聞いたが、これがサラの歌か。なんて綺麗なんだろう……

それにさすがユニークスキルの『歌唱』持ちだ。聞いているだけで身体の奥底から力が湧いてくる気がする。

サラの声量も凄いが、拡声器を作っておいて良かったな。

兵士達は、最初は何事かとざわついていたものの、すぐに全員が歌に聞き入った。

そうこうしているうちに歌が終わる。

一曲しか聴けなかったので名残惜しささえ感じてしまう。それほどまでに美しい調べだった。

けれど、病《や》み上がりのサラに無理をさせたくない。

「みなさん、私の大好きな……私達の大好きなエスネアート王国を守ってください‼　お願いします‼　帝国に負けないで‼」

歌い終わったサラが、拡声器で兵士達に呼びかけた。

……あれ？　そんなセリフ、打ち合わせにあったっけ？

俺が首を傾げていると……

「「「うおおおおおおおおお‼」」」

大地を揺るがすほどの雄叫びが戦場に響き渡った。

「まさか歌姫が出てくるとは……」

ガスタール将軍も呆気に取られている。

まあ、予定外のこともあったけど……どうだ？　驚いただろう？

これで下がっていた士気もある程度は回復したはずだ。

——さて、俺も一丁《いっちょう》やるか。

ナミラ平原の決戦

しばらくして、勧告に向かった使者が中央軍に戻ってきた。

やはり予想通り、お互いの降伏勧告は拒否で終わったみたいだ。

「さぁ、戦いが始まるぞ。ゴブ一朗、準備はいいか？」

「グギャギャ！」

気合い十分だな。決戦に向けて各自小隊を組んで練習していたのも知っているし、問題はないだろう。

中央軍では、総司令であるレルド王子が兵士を鼓舞《こぶ》しているらしく、彼らの雄叫びが聞こえてくる。

しかし、拡声器を使っているわけではないので、具体的になんと言っているかまではわからない。

そのため中央付近だけテンションが高い。

こちらの兵士達にはレルド王子の声が聞こえていないみたいだけど、こういう時はどうするんだ？

すると……。

「聞け‼　エスネアート王国の兵士達よ‼」

ガスタール将軍が声を張り上げた。

「帝国の侵略から我が王国を守るのは貴君ら一人一人の力だ‼　先の帝国の蛮行《ばんこう》は既に聞いている通りだ。家族を、王国を、決して帝国の野蛮《やばん》な奴らに触れさせるな‼　ここを死守して必ず生きて帰るぞ‼」

「「「おおおおお‼」」」

さっきは〝勝てない〟と言っていたのに、今は生きて帰ると言い切ったな。少しは信用してもらえたのかもしれない。

やがて、中央軍が進軍を始めた。

「さぁ、俺達も行くぞ！」

俺の号令に従い、ゴブ一朗を先頭に我が拠点の集団が飛び出した。

おっと、俺も遅れないようについていかないとな。

今回、俺は後衛《こうえい》に回って全員の支援をする予定だ。それに伴い、戦場を把握するために『遠見《とおみ》（必要値100）』スキルをＬＶ５まで取得している。

これならゴブ一朗達が多少離れて展開しても、マップと併用《へいよう》すれば見逃すことはないだろう。

周囲を見回して確認すると、約束通り、ガスタール将軍は動いていなかった。

これで味方の被害は気にしなくていいな。

さて、ゴブ一朗達はどう動く？

俺はゴブ一朗達を補助するために、戦局の観察を始める。

早速、ゴブ一朗から指示が飛ぶ。

『接敵する。各自戦闘準備。魔法が使える奴らは展開を開始しろ。俺が到達する前にエレナの指示に従って撃ち込め』

当然、ゴブ一朗の言葉はそのままでは俺には理解できないが、事前に打ち合わせていたとおり、戦闘に参加しないジャックが随時通訳してくれている。

前線にいるエレナに頼んだら有事の際でも通訳を優先するかもしれないからな。

あいつはこの軍の主力だ。指揮を含め、戦闘に集中してもらおう。

俺がジャックの通訳に感心していると、エレナが自分の指揮する部隊に命令を発しはじめた。

「聞きましたね！　十秒後、各自最大の魔法を前方に撃ち込みなさい。的は腐《くさ》るほどあります。気にせずいきなさい‼」

「「了解‼」」

先頭を走るゴブ一朗とエレナの後ろで、拠点のみんながタイミングを合わせて各属性の魔法を前方に放つ。

おお、こうしてたくさんの魔法が入り乱れている様子は初めて見るな……

あの一際大きい火球はエレナだろうか？　他にも氷や土、水に風など、色々な種類がある。

行使されている魔法の数や種類から推測すると、うちの拠点には魔法を使える人間が意外と多かったみたいだ。

一体どういう理屈で土や氷が飛んでいるのか、謎《なぞ》だ。

俺が見とれている間に魔法が次々と敵に着弾する。

……事前の調査の通り、敵の魔物は魔法が迫っても避ける素振《そぶ》りすら見せない。

魔法が着弾した周囲は見るも無惨《むざん》な魔物の死体が転《ころ》がっている。

その空《あ》いたスペースを次の魔物が埋める前に、先頭を走っていたゴブ一朗達が敵に斬りかかった。

『熊五郎』

「グガァァァァァァッ‼」

ゴブ一朗のその合図で、戦場に熊五郎の威嚇の声が響き渡った。その大音量は味方まで身を竦《すく》ませるほどだ。

遠方に目をやると、中央付近でも右翼側に近い兵士達が、敵味方を問わず動きを止めていた。

ああ。これは後で総司令に怒られそうだな。

接敵したゴブ一朗達の戦闘を改めて観察してみると、その強さを実感する。一撃一撃が重そうだ。

それに相手の攻撃が全然当たってない。

こいつに硬《かた》い鎧《よろい》なんて必要ないんじゃないか？

（『打ち合わせ通り、小隊を扇形《おうぎがた》に展開しろ。中衛《ちゅうえい》以降は囲まれないように敵を牽制して、可能なら殲滅しろ。巳朗、お前らは補助と死体の回収だ』）

（『了解‼』）

味方に指示を出しながら、ゴブ一朗は巳朗を補助役に指名した。

巳朗達蛇系の魔物は毒主体で戦う傾向があるから、既に肉体の生命を失ったアンデッド相手には相性が悪い。

俺はここら辺を支援した方が良いかもな……

そう考え、俺はゴブ一朗達の後方に『土魔法』で高さが二階建て程の横に長い壁を造り出した。敵が裏に回り込まないようにするためだ。

今回は魔力ポーションがあるので、魔力切れを気にせず魔法をガンガン使っていくつもりだ。

とりあえずこれで、敵は壁を越えない限りゴブ一朗達の裏へは回れない。

まぁ、もしガスタール将軍達が前線に出ることになったら邪魔になるが、その時はまたどうにかしよう。

あとは敵の波状《はじょう》攻撃対策だな……

俺達の方が人数は少ないから、立て続けに攻めてこられたら、いくらゴブ一朗達でも疲労が溜まる。

もちろん、俺が魔法で全て蹴散らしてもいいが、せっかくの稼ぎ時だ。こちらの被害が大きくならない限りは、なるべくゴブ一朗達に任せたい。

それらを考慮して、俺は魔物の動きを阻害《そがい》するのに徹した方が良さそうだ。

俺はまた『土魔法』を発動して、ゴブ一朗達と接敵していない魔物の足下を流体化《りゅうたいか》させる。

敵がある程度沈《しず》んだところで、再び地面を硬化。これで動きは封《ふう》じた。あとはゴブ一朗達が首を刎ね飛ばせば完了だ。

そういえば、ゴブ一朗、うさ吉、ポチの三匹もこの方法で捕獲したんだっけ。

あの時は三匹とも暴《あば》れて大変だったなあ……

今回、この方法はかなり有効そうだ。

魔物の密度が高くて動きが単調なせいか、簡単に捕らえられる。流動化した地面から抜け出そうともがく魔物も心なしか少ない。

まあ、抵抗しないならそれでいい。このまま大人しく地面に埋まっていてもらおう。

(『ホーク隊、こちらの動きを見てアレを落とせ』)

ゴブ一朗が何か指示を出している。

いったいホークに何をさせるつもりだ？

疑問に思いながら顔を上げると、空を飛んでいるホーク達が次々に何かを落としはじめた。

あれは……岩か？

俺が視認《しにん》した瞬間、岩は大きな音を立てて地面に衝突《しょうとつ》した。

それも、立て続けにいくつも落ちてくる。

あいつら、あまり重たいものは持てないと思うけど……

見ると、落下地点の周辺は土埃《つちぼこり》と岩を喰《く》らった魔物の死体で凄いことになっている。

それにしても、岩による爆撃《ばくげき》とはよく考えたものだ。

おそらく、『収納袋』に入れて運んだ岩を、上空から落としているのだろう。

なんて恐ろしいことを思いつくんだ。

おかげで敵の動きが乱れて攻めやすくなった。でも、もし間違って味方に当たったらどうするんだ？　あんなのが直撃したら百パーセント死ぬぞ？

しかし、ビビッているのは俺だけのようで、ゴブ一朗達は先ほどと変わらぬ様子で敵を斬り伏せている。

あいつらは死ぬのが怖くないのか？

そんな疑問に首を捻っていると……

「全員、上空警戒‼　十一時の方向、十秒後に投石《とうせき》来ます‼」

突如《とつじょ》、マリアが叫んだ。

え？　まさかホーク達が本当に間違えて落としちゃったのか？

俺は岩に潰された魔物の死体を思い出し、絶望《ぜつぼう》しながらマリアが指示した方角の空を見上げた。

しかし、何も見えない。

視界に入るのはホーク達がしっかりと敵軍を狙って岩を落下させている姿だけ。あれが俺達に当たるとは思えないが……

その時、前方の敵陣から何かが打ち上がるのが見えた。

あれはまさか……投石器か？

「六秒後に着弾。ゴブ一朗隊、ポチ隊の周辺に落ちます。ポチ隊は三メートルほど後退してください」

『了解だ』

おいおい……魔物とはいえ、味方もいる場所に石を飛ばすとは、帝国兵はいったい何を考えているんだ？

確かに、こちらに当たれば被害は大きいが、ホーク達のように標的《ひょうてき》の真上からのピンポイント攻撃ではない以上、自軍に当たる確率も無視できない。

そもそも、敵と比べて俺達の人数はかなり少ない。それでよく投石器なんて物を使う気になったもんだ。

だがまあ、そんなことを言っている場合じゃないな。

あんな大きな岩がぶつかったら、ゴブ一朗達といえども無傷では済まないだろう。

幸いにも、今回はマリアの『予知』で俺達に当たる岩がだいたいわかる。

俺は急いで『火魔法』を展開し、飛んでくる岩に向けて放った。

一拍《いっぱく》置いて、頭上で『火魔法』が炸裂《さくれつ》する。

空中の岩は大きな爆発音と共に粉々《こなごな》に砕《くだ》け散《ち》った。

良かった、なんとか当たってくれたな。

この世界の魔法はイメージした通りに動いてくれるからありがたい。

周囲を見回すと、俺達に当たらないコースにあった岩が、もの凄い音を立てて敵の魔物達に直撃している。俺が造った壁にも命中するが、幸い破壊は免れた。

見ると、こちらの中央軍にも同じように投石器の攻撃があったらしく、かなり被害が出ているようだ。

味方を気にしないなら、この戦法は有効なんだな……

岩を球状に加工しているのも性質《たち》が悪い。

落下するだけでなく、そこから転がった岩が王国軍にさらなるダメージを与えている。

そして、戦力が薄くなったところに、また魔物が押し寄せてくる。

当然、帝国の投石器は一回で終わりではない。既に次弾を用意しているみたいだ。

これは中央軍がやばいか？

一度退かないと立て直しも難しそうだ。

総司令であるレルド王子率いる中央軍が壊滅したら、こちらの負けが濃厚になる。

中央軍が本当にやばくなったら、右翼をガスタール将軍に任せて救援《きゅうえん》に向かおう。

俺が中央軍を気にしていると、マリアから被害状況の報告が上がる。

「報告！　第三、第四、第七、第九部隊に被害あり。主に関節部に裂傷《れっしょう》、出血があります」

『各自の判断でポーションを飲め。傷が深くても、あれを飲めばだいたい治る』

「了解！」

おっと、こちらにも少しずつ被害が出はじめたか。

今はポーションでなんとかなるけど、いざとなったら俺が回復役を担う必要があるな。

「投石次弾、十秒後に来ます。熊五郎隊、二メートル右に移動してください」

『了解した』

投石に関してはこちらにマリアがいる限り問題ないな。

どうしても避けられない場合は、先ほどと同様に俺が対処しよう。

……それにしても、帝国も大したことないな。

確かに魔物の数は脅威《きょうい》だが、その全てが何も考えていないアンデッド。うちの拠点の連中相手には少し力不足だ。このまま時間が経過すれば、うちの連中が右翼の魔物を殲滅してしまうぞ？

しかし、第三王女が言っていた〝黒い魔力を纏う集団〟をまだ見ていない。

魔物軍の後ろ、人間で構成された帝国軍の中にいるのか？

この後、勇者と第一王女も探さないといけないし、不安要素は早めに排除しておきたい。

『ゴブ一朗、ホーク達を使って奥に待機している帝国兵達に岩を落としてきてほしいんだが、頼めるか？』

『問題ない。ホーク隊、アンデッドを牽制しつつ、後方に範囲を広げろ』

『了解です‼』

ゴブ一朗が俺の依頼通りにホーク達にそう指示を飛ばすが、その瞬間、戦場を急速に動く集団が『気配察知』に引っ掛かった。

三人くらいだろうか、えらく足の速い奴らだ。

どうやらうさ吉も察知したらしく、注意を呼びかける。

『全員警戒して‼　十時の方角より接近してくる集団があるよ‼』

それにしても、たった三人で突っ込んでくるなんて、いくらなんでも無謀《むぼう》じゃないか？

「エレナさん、跳んで‼」

俺が気配察知に集中して三人の行方を追っていると突然マリアが叫んだ。

俺は反射的にエレナの方を見る。

彼女がマリアの指示通りその場を跳《と》び退《の》いた途端《とたん》、槍のような棘が地面からいくつも突き出した。

「ゴブ一朗先輩は上です‼」

マリアの指示でゴブ一朗が頭上に剣を構える――と同時に、彼の頭をかち割る勢いで巨大な剣が振り下ろされた。

ゴブ一朗はなんとかその大剣を受け止めて弾き返すが、全身が痺《しび》れているのか、その場から動けない様子だ。まさか、ゴブ一朗が反撃できないどころか動けなくなるなんて……

俺はその様子に驚愕しながら大剣を振り下ろした相手を確認すると、他の兵士とは装《よそお》いが異なる冒険者風の男が楽しそうに笑みを浮かべていた。

赤茶の髪を短く刈《か》り上げたその男は、胴や肩などに最低限の防具しか纏っていないものの、引き締《し》まった見事な体躯からは絶対的な戦闘への自信が溢れ出ており、明らかに強者とわかる。

「おいおい、マーリン‼　今の見たか⁉　こいつ、俺の一撃を受け止めたぞ。退屈すぎてこの戦争に来たのを後悔していたが……なんだ、ちゃんと強い奴がいるじゃないか‼　リアム、お前も早くこっちに来いよ！」

男に応えたのは、マーリンと呼ばれた見るからに魔法使い然《ぜん》とした黒いローブを纏う女。

彼女はウェーブの掛かった金髪を妖艶《ようえん》な仕草で掻き上げる。

「ええ、見たわ。あなたの大剣を受け止める人なんて初めてね。変な仮面で顔が見えないけど、本当に人かしら？　それに、私の魔法もかわされた。しかも発動前によ？　いったいどうしてわかったのかしら？」

少し遅れてもう一人、おさげ頭に薄緑色のワンピース姿の、なんともこの戦場には似つかわしくない、どこにでもいそうな感じの小柄な女の子が、大剣の男の後ろに現れた。

おそらく、この子がリアムだろう。

「はぁはぁはぁ……二人とも速すぎだよ。あんまり前に出すぎると、後で皇子様から怒られちゃうよ」

「はっ、関係ねぇよ‼　こいつらを全員殺せば問題ないだろうが‼」

「そうね、どうやらこの集団が一番強そうだし、殺したら皇子様も褒めてくれるんじゃないの？」

「もう！　本当にどうなっても知らないからね‼」

三人仲良くお喋りしているけど、全員殺すとは聞き捨てならないな。

俺は目の前に突然現れた三人を警戒しつつ、どう対処するべきか、ゴブ一朗へ念話を送った。

（ゴブ一朗、大丈夫か？）

その言葉に彼はこくりと頷く。よし、なんとか大丈夫そうだな。

『エレナ、お前はその魔法使いの相手をしろ。そのちびっ子はリンだ。マリアはリンの補助に回れ。ポチとうさ吉は各小隊を纏めろ。熊五郎を主軸《しゅじく》に戦闘を継続《けいぞく》だ！』

ゴブ一朗の指示をエレナがすかさずみんなに伝えた。

各々が即座に行動を開始するが、三人は俺達の動きなど意にも介さず、会話を続ける。

「おい！　こいつは俺がやるからな！　二人とも手を出すなよ？」

「あら、それじゃ、後で泣きついてきても助けなくていいのね？」

「おいおい、誰に言ってるんだ？　そんなことあるわけねえだろーが」

男とマーリンの言い争いを、もう一人の少女——リアムだったか——が止めに入る。

「もう、三人で一緒に戦おうよー」

「んなことしたらすぐに終わっちまうだろ！　せっかく骨のある奴がいたんだ、少しは楽しもーぜ」

「でも、それで負けたり、他に被害が出たりしたら意味がないよ？」

リアムの正論を、男が笑い飛ばす。

「負けるわけねぇじゃねぇか。それに他の被害とか知らねーよ。弱い奴が悪い」

「あら、それは同感。だけどこれは戦争よ？　味方の被害は最小限にしないと、後で勇者が文句言ってくるわよ？」

「あー、それは面倒くさいな……あいつら、魔王討伐の切り札《ふだ》とかで国が保護してるから、手が出せねーんだよな」

「ほら、ならやっぱり三人で……」

「まぁ、こいつらを殺せば問題ねぇだろ。目撃者はいなくなるわけだし」

「そうね、敵が強かったと言えば、魔物が多少減っても誤差《ごさ》よね。こいつらの死体も持って帰るんだし」

「……よし！　話も纏まったところで早速やるか。いいよな、リアム？」

こいつら、余裕が凄いな。そんなに自分達の実力に自信があるのだろうか？

「おい！　待たせたな。俺はエッジ。一応ギルドでは〝断頭《だんとう》のエッジ〟って呼ばれている。お前はその一撃を受け止めたんだ、誇っていいぞ」

『阿呆《あほう》が、お前の一撃程度で誇っていては底が知れるだろうが』

「はっ、何言ってんだ⁉　魔物の言葉か！　人間じゃねーなら、なおさら殺さねーといけねぇな。それとその剣、ただの剣じゃないだろ？　俺の一撃を受け止める程だ。死んだら俺が貰っていこう。文句はねぇよな？」

『お前程度の男が、主の作った剣を持つだと？　クックック、冗談は顔だけにしろ』

「……まぁ、死体になれば文句も言えねぇか。ほら行くぞ？　簡単に死ぬなよ‼」

エッジと名乗った男が地面を蹴って、一瞬でゴブ一朗に肉薄《にくはく》した。

速いな……！

リンもかなり速い方だと思っていたけど、彼女と同じか、それ以上じゃないか？

エッジが先ほどと同様に上段から大剣を振り下ろす。

だが、ゴブ一朗も落ち着いてそれを受け流し、そのまま自分の剣を大剣の上で滑《すべ》らせて反撃しようとする。

しかし、エッジはこれを難《なん》なく回避。今度は地面に突き立てた大剣を軸《じく》に回転しながら蹴りを放ってきた。

この攻撃をスレスレのところで避けたゴブ一朗が、距離を取るために後方に跳んだ。

「おいおい、そんな受け身じゃ、俺に殺されるのは時間の問題だぞ？」

『そんな安い挑発に乗るわけないだろうが。貴様の一撃は重い。無理して死んだらどうするつもりだ？　主に怒られるだろうが』

少し間があって、二人は再び剣を打ち合った。

あれ？　エッジはゴブ一朗の言葉がわからないはずなのに会話が成立している気がする。

偶然か？

しかし、考えている間もなく、今度はマーリンがエレナの前に立ちはだかる。

「それで、私の相手はあなたがしてくれるのかしら？　赤い髪のお嬢さん？」

「ええ。先ほど魔法でご挨拶いただいたのに、お返事をしていませんでしたので」

そう言うと、エレナはいきなり火球を撃ち出した。

ところがマーリンは特に動揺した様子もなく、手に持った杖を振るう。

彼女は俺が見慣れた『土魔法』で壁を作って、火球を防いだ。

「あらあら、なかなか過激《かげき》な返事をくださるわね。殺すわよ？」

「構いませんよ。先に私が殺しますから」

こちらはこちらでかなり激《はげ》しい応酬《おうしゅう》を繰り広げている。

ぱっと見、綺麗な女性が挨拶を交わしているみたいなんだが……雰囲気が尋常じゃない。

できれば関わりたくないな。

「ねぇねぇ、マーちゃん。エッちゃんがあんなだから、二人だけでも一緒に戦わない？」

結局〝三人一緒に戦う〟という意見を聞き入れてもらえなかったリアムが、マーリンに提案した。しかし、エレナと対峙《たいじ》する彼女は、それを一蹴《いっしゅう》する。

「あらリアム、私はこの女と話をつけないといけないの。だからあなたも一人でやりなさい。ほら、あの獣人の子が相手してくれるみたいよ？」

「えー、あの子達、あまり強くなさそう……。私、弱い者いじめはしたくないよ。〝ムッちゃん〟も嫌がるだろうし」

リアムはリンとマリアに同情にも似た目を向ける。

だけど、その心配は無用だ。

「大丈夫ですよ、あの子達もかなり鍛えていますから。あなた程度であれば返《かえ》り討《う》ちにするでしょう」

エレナの言葉はともすれば相手を怒らせてもおかしくはなかったが、リアムはむしろ嬉しそうに応える。

「へー、そうなんだ。そっちのお姉さんやエッちゃんの相手に比べると弱そうだから、あんまり期待してなかったけど……そっか強いんだ。それじゃー、ちょっと一緒に遊ぼうか‼」

三人の中でも明らかに幼く見える彼女は、リンとマリアの方に駆けていく。

あんな子供が戦場にいて大丈夫だろうか？

その様子を見たマーリンが、エレナに問う。

「あの子は結構強いわよ？　助けに行かなくてもいいの？」

「あの程度の相手をどうにかできなければ、ご主人様の軍の前衛を任せることなどできません」

その言葉を聞き、マーリンはすぐに興味を失ったらしく、話題を変えた。

「そう。ところで、いくつか聞きたいことがあるのだけどいいかしら」

「私もあなたに聞きたいことがあるので、一つ二つ程度なら、冥土《めいど》の土産《みやげ》に教えてあげてもいいですよ」

「では、遠慮なく。最初にあの壁を造り出したのは、あなた達の中の誰かなのかしら？」

「それを聞いてどうするのですか？」

「単純に興味があるのよ。あの壁は魔法でできているわよね？　私も『土魔法』を使うからわかるのだけど、あれほどの壁を造れる魔法使いと、ぜひ話をしたいと思ってね。殿方《とのがた》なら殺さずに連れて帰ろうかしら？」

それを聞いた瞬間、周囲の温度が一気に上がった気がした。

エレナの方を見ると、案の定、髪が炎のように揺らめきはじめている。

ああなった彼女は本当に怖い。

俺はどこがエレナの逆鱗《げきりん》に触れたのか疑問に思いながら、引き続き二人の様子を見守る。

「……仰る通り、あの壁は私達の仲間が造りましたが、あなたがその方と話すことはありませんよ。その前に私が殺しますので」

「あら、その反応……まさか、あなたの想い人だったかしら？」

「だったらどうだというのですか？　あなたには関係がないでしょう？」

「確かに関係はないけど、これから奪うと思うと、楽しみが増えるでしょ？」

「フフフ、面白い冗談ですね。あなた程度に奪えると思っているのですか？　鏡で今一度ご自分をご覧《らん》になった方が良いと思いますよ」

　エレナの魔法で周囲の温度は上がっているはずなのに、彼女の笑顔を見ているとなんだか寒気《さむけ》がする……

　会話しているだけなのに、どうしてここまで雰囲気が悪くなるんだ？

「まぁいいわ。その殿方はあなたをどうにかしてからゆっくり探すわ。ところであなた、さっき私の魔法を発動する前に避けたわよね？　まるで未来が見えているかのように……どうやったのかしら？」

「馬鹿なんですか？　これから殺し合いをする相手に教えるわけがないでしょう」

「それもそうね」

「では、こちらも一つ質問させてもらいます。先ほど〝味方に被害が出ると勇者が文句を言う〟とかなんとか言っていましたが、アンデッドを作り出しているのは勇者なのですか？」

「こちらの戦力の出所《でどころ》を教えるわけがないでしょう。自分で調べたらどうかしら？」

「そうですね、聞いた私が馬鹿でした」

その言葉と同時に、エレナはマーリンに突撃して袈裟懸《けさが》けに斬りかかった。

しかしマーリンは事前にわかっていたように『土魔法』で壁を作り、それを防ぐ。

「あらあら、事を急《せ》く女は嫌われるわよ？」

「いらぬ気遣いですね。あなたと違って私は忙しいんですよ」

再びエレナが壁を迂回《うかい》する軌道で火球を放つが、先ほどと同様に女の周囲に土で造られた壁が出現し、それを阻《はば》む。

「それにしても凄い熱量ね。あまり長くあなたの相手をするのは疲れそう。こちらも攻めさせてもらうわね」

その直後、マーリンの周囲の地面が何かの模様《もよう》を描くように窪《くぼ》みはじめた。

これは……魔法陣か？

エレナは地面に火球を放ってその魔法陣を消そうと試みる。しかし、ピンポイントで地面から出現する壁に防がれてしまう。

先ほどからエレナの攻撃は一切効いていない。こんな調子で本当に大丈夫か？

そうこうしているうちに魔法陣が完成してしまった。と同時に、地面からいくつもの槍状の棘が突き出し、エレナに襲いかかった。

「くっ……！」

エレナはそれらをなんとかかわすが、彼女を追うように次々と新たな棘が突き出てくる。

「あらあら、さっきのは偶然だったのかしら……それとも何か条件があるとか？」

「ですから、教えないと言っているでしょう‼」

きりがないと思ったのか、エレナは高く跳んで空中に逃れた。

「上に逃げ場はないわよ？」

マーリンはそう言いながらエレナの着地点に魔法を展開して待ち構える。

しかし、跳んでいるエレナがいつまで経っても落ちてこない。

……落ちてこない？

上空を見ると、跳躍《ちょうやく》したエレナの周囲が熱で歪んで見える。少しずつ落下してはいるようだけど、いったいどういう原理なんだ？

しかし、それよりもエレナの頭の上にあるものの方が問題だ。

彼女の頭上には、かなり大きな火球が形成されていた。

おいおい、あれを撃つ気か。

下手したら周囲も巻き込んで凄いことになるぞ……

「小さな火球では埒《らち》が明きません。これで魔石共々粉々になりなさい」

マーリンが防御態勢を取る間も与えず、エレナは特大の火球を放った。

直後、巨大な火柱が上がり、戦場に轟音が響いた。

おいおい、大丈夫なのかよ？　煙《けむり》がひどくて、エレナ達の様子がわからない。

仕方なくリン達の方に目を向けると、小柄な女の子――リアムが、戦争には不釣《ふ》り合いな笑顔で、爆発があった方を指差しながらはしゃいでいた。

「ねぇねぇ、見て！　マーちゃん達のとこ、凄いことになってるよ‼　さすがにあの爆発を受けたらマーちゃんも怪我するかな？」

無邪気《むじゃき》なリアムに、マリアが尋ねる。

「そのマーちゃんという人は、あの爆発でも怪我をする程度で済むほど強いのですか？」

「うん、マーちゃんの魔法は凄いからね‼　あのくらいならへっちゃらなんじゃないかな？　前に一度、火竜のブレスを防いだこともあるからね！」

それを聞いたマリアは、心配そうにリンに囁《ささや》く。

「火竜のブレスを……エレナさんは大丈夫でしょうか？」

「どうだろう？　大丈夫だとは思うけど、早めに加勢に行った方が良いよね」

「それにしてもこの子、あまり強そうには見えないのですが、このまま倒してもいいのでしょうか？」

「いいんじゃないかな？　一応敵だし、私達に危害を加えるなら、なおさら倒さなきゃ」

リンはそう言うと、腰に帯《お》びていた土ショードソードを抜いた。

「ですが、何故ゴブ一朗先輩は私をリンの補助に付けたのでしょうか？　あんな子一人なら、リンだけでも――リン‼　後ろに跳んで‼」

マリアの突然の叫び声に反応し、リンは確認もせずに飛び退《とすさ》った。

その直後、さっきまでリンがいた場所に鉄製と思《おぼ》しき大剣がめりこんでいた。

「これは……？」

大剣の持ち主を確認するために視線を上げると、リアムのすぐ近くの空間から鎧に包まれた巨大な右腕が出現していた。

「あーあ、〝ムッちゃん〟、惜しかったね。次は頑張って当てよう！」

その右腕の持ち主の全身が、虚空《こくう》から徐々に姿を現わす。

全身を銀色の鎧で覆《おお》い、関節部からは何やら黒い靄《もや》みたいなものが溢れ出ている。

……人間じゃないのか？

マリアとリンも突如現れた鎧を警戒している。

「その鎧は……」

呆然と呟くマリアに、リアムが得意げに応える。

「この子はね、〝ムッちゃん〟！」

「別に名前は聞いていないのですが……。それにその魔法、あなたは『空間魔法』が使えるのですか？」

「『空間魔法』？　私のは『契約魔法』だよ！」

「『契約魔法』？　そんな魔法は聞いたことありませんが？」

「当たり前だよ！　だって、この魔法は私しか使えないもの。私、魔石の声が聞こえるんだよね。だから未練がある魔石と契約して、それを晴らすお手伝いをしてるの。その代わりに、私のお手伝いもしてもらってるんだよ！」

曖昧《あいまい》な説明をするリアムに、マリアは質問を重ねる。

「では、その鎧も？」

「そうだよー。ムッちゃんは昔の帝国の隊長さんなんだ。とっても強いから、強い人とたくさん戦いたいんだって！　前はエッちゃん達がよく遊んでくれたんだけど、飽《あ》きたって言って最近相手をしてくれないんだ。でも、お姉ちゃん達も強いんだよね？　ムッちゃんと遊んでくれる？」

リアムが満面の笑みを浮かべたのと同時に、剣を構えた銀色の鎧がリンに突撃した。

鎧は先ほどと同様に剣を叩きつけるように振り下ろすが、動きの速いリンには当たらない。

剣をかわした彼女は鎧の胴を斬りつけつつ、脇をすり抜けて敵の後ろへと移動した。

どうやら彼女の土ショートソードの方が硬いらしく、鎧の胴には斬撃《ざんげき》の痕《あと》がくっきりと残っている。

鎧はリンの動きに反応し、即座に後ろを向く。

しかし、そこを狙ってマリアが放った氷の槍が、鎧の背中に深々と突き刺さった。

マリアとリンは身体が大きな相手に対しての戦術が似ている気がするな。

氷の槍で鎧が怯《ひる》むと予測したのか、リンがさらなる攻撃を加えようとするが——

「リン‼ 下がって‼」

マリアの指示で弾かれたように後退したリンを追って、鉄の剣が振り抜かれた。

まさか、あの状態の相手が攻撃してくると思っていなかったらしいリンは、驚愕の表情を浮かべる。

「……その鎧は痛みを感じないの？」

「痛み？ うーん、どうなのかな？ ムッちゃんは死んじゃった人だから、感じないかもしれないね！」

リアムの要領《ようりょう》を得ない物言いに、マリアが首を捻る。

「あなたは魔石の声が聞こえるんじゃないんですか？」

「魔石の声は聞こえるよ？ だけど、ムッちゃんはもう契約で生き返っちゃったから、声は聞こえないね！」

「なら、意思の疎通《そつう》はどうするのですか？」

「意思の疎通？ そんなの、ムッちゃんを見てれば大体わかるよ！」

「仕組みはわかりませんが、痛みを感じないのは厄介ですね……」

「ねぇ、マリア、あれ見て」

リンは、背中に氷の槍を突き立てたまま平然と地面から剣を引き抜く鎧を指差した。

「あの鎧がどうかしたの？」

「うん……私がさっき斬りつけた傷がなくなってる」

マリアはリンが示した鎧の胴に視線を向ける。

「本当ですね。痛みを感じない上に回復か再生系統のスキルを保持しているとなれば、相当に手強《てごわ》そうです……」

「この鎧、倒せるのかな？」

「難しいかもしれないです。相手の攻撃を避け続けても、やっぱり決め手に欠けます。リンはあの鎧をどうにかできるスキルは持ってますか？」

「ううん、私の戦闘スタイルは多くのスキルを複合して使うけど、一つ一つが強いわけじゃないから……」

「そうですよね……どうしましょうか？」

マリアは試しにといった感じで、再度、鎧に向かって氷の槍を飛ばす。先ほどとは違い、鎧の正面から撃ち出しているので、簡単に剣で防がれてしまった。

しかし、その隙にリンが走り出す――何故か、鎧とは別の方向に。

いったい何をしようとしているんだ？

「鎧が倒せないんだったら、まずそれを操《あやつ》っている人間を倒すのが最善だよね‼」

リンは戦場の端で呑気に見学していたリアムに斬りかかった。

なるほど、そっちを狙うか……

「えっ、私⁉　あわわわわ、どうしようどうしよう⁉　〝メッちゃん〟助けて‼」

リンの剣が首を捉えそうになったその瞬間――リアムは身体を反《そ》らして剣をかわし、そのまま回し蹴りを放った。

あの子、あんな動きができたのか……！

「くっ……‼」

マリアが鎧に掛かりっきりになっていて『予知』に頼れないせいか、リンは回し蹴りをまともに喰らって吹き飛んだ。

それを見て、リアムが口を開く。

「おいおい、嬢ちゃん。せっかくムランが出てきてんだ、リアムじゃなくて、あいつと遊んでやってくれよ」

リアムが発したのは、明らかに〝彼女ではない者〟の声だった。

痛みが残っているのか、リンは蹴られた場所を庇いながらも、なんとか立ち上がって問いかける。

「ぐっ……あなたはいったい……」

「ああ、俺か？　俺はメルドっていう者だ。まぁなんだ、リアムの子守みたいなもんだな」

メルド？

どういうことだ？　姿形はリアムのままだが、人格と雰囲気ががらりと変わっている。

「リン！　大丈夫⁉」

マリアが鎧を相手取りながらも、リンに声を掛けた。

「うん、ちょっと油断した……」

リンはそう答えて素早く収納袋からポーションを取り出し、一気に飲み干した。あまり隙を見せたくないのだろう。

そんなリンの様子にリアム――いや、メルドは笑みを浮かべた。

「ああ、そんなに警戒しなくてもいいぞ。俺はリアムさえ無事なら何もしないからな。さっきも言ったが、ムランの相手を頼む。最近、張りのある相手がなかなかいないんだ」

リンはメルドの言葉を素直に聞くべきか迷《まよ》っているみたいだ。しかし、このままだとジリ貧《ひん》というのも事実。

彼女はマリアに向けて声を上げる。

「くっ……マリア、どうする？　二人を相手にすると、たぶん私達だけじゃ勝てない」

「そうですね、この鎧も動きを止める程度なら私でもできますけど……」

「ケンゴ様に頼るのは論外《ろんがい》として、他の人に助けを要求する？」

「ですが、他の者も魔物の殲滅に当たっています。まだ私達よりも弱い人達のフォローも行っているから、救援は厳しそうです。私達は私達のできることをしましょう。ありがたいことに、あの子は手を出す気がないようですし」

「わかった。じゃあ、いつも通りの連携《れんけい》であの鎧をやろう。最低でも足止め、できれば弱らせないと、ゴブ一朗先輩に怒られちゃう」

「わかりました。けど無理をしちゃ駄目ですよ？」

「わかってるよ‼」

そう言うと、リンは再び鎧に向かって突撃していった。

本当に俺が手を出さなくても大丈夫か？

しかし、マリアが鎧に手一杯な以上、俺は戦局全体に注意を向けておかなければならない。

俺は一抹《いちまつ》の不安を抱きつつ、必要なところにいつでも助けに入れるように、周囲の戦況を観察し続ける。

そんな中、エッジの嬉しそうな声が聞こえてきた。

「おい、見えてるか？　あっちの嬢ちゃん達、だいぶ厳しそうじゃないか？」

『大丈夫だ。俺は任せられない奴には仕事は振らん。お前もあの魔法使いを気にしなくていいのか？　エレナは火力だけはなかなかだぞ？』

ゴブ一朗は首を横に振り、爆炎と土埃に包まれながら戦うエレナ達の方向を指差す。

「どうやらマーリンのことを言ってるみたいだな。あいつは大丈夫だ。俺でもあいつに一撃入れるのはかなりきつい。それくらい硬いからな。あいつに攻撃を喰らわせられるなら、帝国で五本の指に入れる」

『ほう。なら、俺らの戦力確認にちょうどいいな。後で十分に役に立ってもらおう』

そう言うなり、ゴブ一朗が斬りかかった。

相変わらず、この二人は何故か会話が成立しているな。……まあ、とりあえずそれは置いておこう。

エッジはゴブ一朗の攻撃を大剣で弾き、その勢いのまま首を刈りに来る。

しかし、ゴブ一朗の剣と鎧に阻まれて、ダメージを与えられない。

「チッ、これで何回目だ？　その剣と鎧、硬すぎんだろ……素材はいったいなんだよ？　傷一つついてねぇじゃねーか」

『素材か？　ただの土だ。土をここまでの物に作り変えることができるのは我が主をおいて他にいない』

「あ？　なんだ？　もしかして自慢してんのか？　言葉はわからねーが、腹立つな。おい‼　マーリン‼　リアム‼　聞こえてるか？　〝あれ〟を使うぞ‼」

〝あれ〟ってなんだ……？

何か戦況を変える魔道具でも用意しているのか？

というか、エッジの声量が凄いな……

拡声器を使ったわけでもないのに、離れたところで戦っているマーリンとリアムにもしっかりと聞こえたようだ。

「あら、いいわね。私もいい加減この女をどうにかしたいと思っていたのよ。見てほら、さっきから火魔法ばかり撃ってくるから、髪の毛が少し燃えちゃったわ」

マーリンが愚痴《ぐち》をこぼすと、リアム――もといメルドも声を張る。

「おい、俺は今リアムじゃなくてメルドだ！　〝あれ〟って、出発前に配《くば》られたやつか？」

「ああそうだ。まだまだ後ろに強そうな奴らもいるし、使っちまって問題ないだろ」

エッジは二人にそう答えて、懐《ふところ》から何か黒い球体を取り出した。

確かあれは、アルカライムの黒の外套が持っていた魔道具か？　なんでそれをこいつらが……

すぐに魔道具が起動し、何やら黒い靄みたいなものがエッジの身体を包みはじめた。

ああ、もしかしてこれが第三王女の言っていた例の〝黒い魔力を纏う集団〟か。

「おお……話には聞いていたが、こりゃあ凄いな」

エッジがその効力に驚いたような声を発している。

ん……どういうことだ？　以前から常用していたんじゃないのか？

しかし、こちらの疑問を解消する間もなく、エッジは再び戦闘態勢に入る。

「んじゃ、いくぞ？　すぐ死なねーように気合い入れろよ‼」

エッジが一歩踏み込んだと思った瞬間、彼は既にゴブ一朗との距離を詰めていた。

あまりの速さに驚いたのか、ゴブ一朗の回避動作がわずかに遅れる。

それが災《わざわ》いして、大剣の薙《な》ぎ払《はら》いをもろに受け、ゴブ一朗は派手に吹き飛ばされてしまった。

「おいおい、ちゃんと気合いを入れろって言っただろうが。そんな調子だと、あっという間に死んじまうぞ？」

「グギャ……」

鎧のおかげで腕を斬り飛ばされこそしなかったものの、衝撃《しょうげき》で骨が砕けたらしく、ゴブ一朗は左腕を庇って上手く起き上がれない。

「はっ！　一発で終わりか？　もう少し頑張れよ。それにしても、本当にその鎧はすげーな。全然斬れねーわ」

そう言いながら、エッジはゴブ一朗に近づいていく。

その時――

「ゴブ一朗先輩に近づくな‼」

叫びと共に、エレナがエッジに火球を撃ち込んだ。

しかし、そうはさせまいとマーリンが魔法を発動。火球は全て、地面から突き出た壁に阻まれた。

「あらあら、あなたの相手は私よ？　無視しないでもらえるかしら？」

ならば、とエレナはエッジに肉薄せんとするが、足下から連続で土の槍が飛び出してきて近づけない。

「くっ‼　邪魔をするな‼」

黒い靄の効果で、マーリンの魔法の発動の速さと規模が、先ほどとは段違いだ。

焦っているせいか、エレナにも傷が増えてきた。

そろそろ介入しないとまずそうだな。

俺は急いでポチとうさ吉にこちらが限界だという旨《むね》の念話を送る。

そんな中、メルドはエッジと緊張感のない会話をしていた。

「エッジ、この魔道具使えないぞ。ムランが強化できん。俺が強化されても意味ないだろ」

「お前も戦えば良いじゃねーか」

「それはご免だね。俺がリアムに怒られるだろうが」

「はあ……まぁいいか。ムランもあの嬢ちゃん達と良い勝負してるしな。俺らが他の奴らを全部殺《や》っても、文句言うなよ？」

エッジは、いまだに片膝をついたままのゴブ一朗の前に立つ。

『ぐっ……舐《な》めるな‼』

ゴブ一朗が気力を振り絞《しぼ》り、右腕一本で剣を振るう。けれど、力のこもっていない反撃はエッジに簡単に弾かれてしまった。

「もう諦めろ。今回はかなり楽しかった。俺の剣をここまで防ぐ奴なんて、初めて見たぞ？　名前を聞けねぇのが惜しいが、これは戦争だ、お前がこの戦場にいたことは忘れねーよ。じゃあな」

そう言って、エッジが大剣を振り下ろした。

エレナの悲痛《ひつう》な叫びが戦場に木霊《こだま》する。

「ゴブ一朗先輩‼」

しかし次の瞬間――

エッジの得物《えもの》がゴブ一朗の首に届く前に、地面から突き出した土の壁が大剣を受け止めた。

「ああ？　おい、マーリン‼　邪魔すんな‼」

エッジが苛立たしげに叫ぶ。

「あら？　私は何もしていないわよ？」

「だったら誰が……おい！　奴はどこ行った？」

二人が会話している間に、ゴブ一朗はエッジの前から姿を消していた。

俺の前で、ゴブ一朗が申し訳なさそうに唸る。

『ぐっ、主よ、すまない……』

「気にするなよ。お前はよく頑張った。今治してやるから、もう少し我慢しろ」

俺はゴブ一朗に『回復魔法』を掛けながら傷の具合を確かめた。

「いったいいつの間に……おい、てめぇは誰だ？」

エッジがこちらに気付き、睨みつけてきた。

……いいだろう、相手をしてやる。

「俺か？　俺はこいつらの王様だ」

それを聞き、エッジが顔をしかめる。

その間にも、俺は念話でポチとうさ吉に連絡を取る。

（ポチ、それにうさ吉、聞こえるか？　ちょっとこいつらの相手をするから、少しの間補助を抜けるぞ。俺が戻るまで無理せず、戦線の維持を第一に考えろ）

（『了解』）

（『わかったよ』）

「おい‼　てめぇは誰だって聞いてるだろうが‼」

さっきの言葉が伝わらなかったのか、再びエッジが睨んできた。

「言ったろ？　俺はこいつらの王様だ。それとも名前が知りたいのか？　俺はケンゴだ。覚えておけ」

「チッ、ふざけやがって。お前みたいななんの覇気《はき》もない凡人《ぼんじん》が、こいつらの親玉だって？　冗談はほどほどにしろ」

覇気がない凡人とは酷い言い草だ。まあ、俺は一般人だから仕方ないけどさ……

それにしてもこいつ、よく『隠密』を持つ俺を見つけられたな。……ちょっと嬉しいぞ。

「つーか、ああ、くそ……回復要員かよ。めんどくせーな。また殺《や》り直《なお》しか」

ああ、なるほど。

俺がゴブ一朗に『回復魔法』を掛けているから気付いたのか。なんだよ、少し喜んじゃったじゃないか。

まあいい。そろそろゴブ一朗の傷も癒《い》えてきたはずだ。

「ゴブ一朗、大丈夫か？」

『ああ大丈夫だ。だが、主の手を煩わせてしまった。申し訳ない……』

神妙《しんみょう》な顔をしているゴブ一朗。そんなことはもう気にするな。世の中は広いんだ、そりゃ強い奴だっているさ。

「俺はとりあえずこのエッジという男をやるから、お前はエレナの補助に回れ。あいつもそろそろやばくなってきている。まずはポーションを飲ませろ」

『了解した』

ゴブ一朗は頷いてエレナの方に駆け出していった。

「おい！　仮面野郎、お前の相手は俺だろうが。どこに行くつもりだ？」

ゴブ一朗を止めるためにエッジが先回りしようとするが、一歩踏み出した瞬間に、地面から棘が突き出る。

「チッ‼」

エッジは身体を回転させてなんとかその棘をかわす。

しかし少し擦《かす》ったのか、肩から血が滲《にじ》みはじめていた。

「回復要員《かいふくようい》風情《ふぜい》が、余計なことを……！」

エッジは怒りを露わにする。

「今からお前の相手は俺だ。ゴブ一朗にはエレナの面倒を見てもらわないといけないからな」

「てめえみたいな凡人に何ができる⁉」

「お前を倒せるぞ？」

「はっ、笑わせる‼　ならやってみろよ‼」

エッジは先ほどのゴブ一朗との戦闘時と同じ速さで俺の前に現れ、大剣を横薙《よこな》ぎに振るった。

だが、その剣は誰もいない空間を斬《き》り裂《さ》いただけ。

「あ？」

「こっちだ」

俺は目の前で剣を振り抜いた状態のエッジの顔面を側面から拳《こぶし》で殴《なぐ》り飛《と》ばした。

「がぁっ……‼」

よほど当たり所が良かったらしい。エッジは盛大《せいだい》に吹き飛んでいく。

その様子に、周囲にいた者達が大きく目を見開いて驚いた。

ああ、それにしても準備していたことが活《い》きたな。

『時空間魔法』によるショートワープと、近接戦闘を掛け合わせたら強いんじゃないかと思って、練習していたのだ。

『見極め』のおかげで、どんなに速い奴でも大体の挙動《きょどう》を把握できるのも助かった。

「ぐ、がぁ……くそっ！　まさか俺が一撃もらうとは……てめぇ、ただの回復要員じゃねーだろ？」

「そもそも、回復要員と言ったつもりはないぞ？」

「……ははっ‼　今日はなんて日だ‼　本当にこの戦争に来て良かった‼　まさかこんな

平凡そうな奴が俺を楽しませてくれるほど強いとは‼　もしかしたら帝国にもまだそういう奴がいるのかもしれねーな。こりゃ忙しくなるぞ‼」

おうおう、テンションを上げるのはいいが、無事に帝国に帰るつもりでいてもらっては困る。

こっちは大事な仲間を傷つけられて頭にきてるんだ。見逃すつもりはないぞ？

しばしの睨み合い。

その静寂《せいじゃく》を、エレナの叫びが破った。

「ケンゴ様、戦ってはいけません‼　お下がりください‼」

お、ゴブ一朗のポーションで回復したみたいだな。

「相手は強敵です‼　もしケンゴ様の身に何かあっては、取り返しがつきません‼」

いや、俺的にはお前らの身に何かあっても取り返しがつかないからな？

エレナの声に水を差され、エッジがうんざりしたような顔になる。

「ごちゃごちゃうるせーな……おい、マーリン‼」

「わかってるわよ」

マーリンはエッジの方を見もせず、エレナに向けて得意の魔法を発動する。土の槍が地面から突き出て彼女に襲いかかるが……それを側にいたゴブ一朗が薙ぎ払い、無力化した。

よし、エレナはゴブ一朗に任せておけばなんとかなりそうだな。

「チッ！　やっぱりあいつは殺しとくべきだったか。まぁいい、こいつを倒してから殺《や》れば問題ないしな」

俺を倒す？　その自信はいったいどこから来るのだろう。

既に距離はかなり取れている。自慢じゃないけど、遠距離の俺はなかなかやるぞ？

エッジが剣を構え直そうとしたところを狙って、俺は角ミサイルを撃ち出した。

エッジは素早く反応してかわそうとするが、地面にいる限りは俺のテリトリー内だ。俺は彼が踏み込もうとする足下を、ぬかるんだ地面に変化させた。

「クソがぁ‼」

泥濘《ぬかるみ》に足を取られてバランスを崩したエッジは、迫り来る角ミサイルを避けるのを諦めて、剣で弾こうと身構える。

大丈夫か？　それ、かなり硬いし、『風魔法』で結構強めに撃ち出しているぞ？

「ぐっ‼」

エッジは角ミサイルの軌道を大剣でなんとか逸らして身体に当たるのを防いだものの、威力《いりょく》を殺しきれず、体勢を大きく崩した。

あとはいつも通り、泥濘《ぬかるみ》に嵌まった足を硬化して……終わりだ。

こいつは俺が『土魔法』で作ったゴブ一朗の鎧や剣を破壊できなかったから、抜け出すのも無理だろう。

大剣を投げられたら危ないし、念のため腕まで土で覆っておくか。

それにしても、今までこの泥濘《でいねい》捕獲《ほかく》コンボをかわせた奴はほとんどいない。

マリアのような『予知』もなしに回避するのは困難だ。

「エッジ‼」

俺達の戦闘を見ていたマーリンが、魔法でこちらに干渉《かんしょう》しようとするが、俺の方がスキルレベルが高いのが影響しているのか、解除されそうにない。

「マーリンが干渉できないだと……なんでこんな奴が後から出てくるんだ？　おかしいだろうが‼」

エッジが喚《わめ》く。

確かに俺はあんまり矢面《やおもて》に立って戦闘していない。しかしこちらにも事情があるんだ。察してくれ。

「マーリン、リアムを連れて一度退け‼　こいつは強い‼」

「でも……」

「こっちは自分でなんとかする‼　最悪、死んだらリアムに契約してくれるように言ってくれ‼」

「……わかったわ」

マーリンはゴブ一朗達を『土魔法』で牽制しながらリアムの方へ走っていく。

黒い魔力を纏っているせいか、来た時よりも速い気がするな……

まあ、いずれにせよ逃がすつもりはない。

俺は硬化していなかったエッジの残りの部分を『土魔法』で覆いつくした後、マップを開いてマーリン達の行方を追いかける。

「リアム‼　エッジがやられたわ。一度退くわよ‼」

「メルドだって言ってるだろ。エッジの馬鹿がやられただと……本当か？」

「ええ、だから一旦《いったん》本陣まで戻るわよ‼」

「退くのはいいが、タイミングが悪い。見てみろ、ムランの奴が嬢ちゃんの馬鹿でかい氷の槍に刺されて動けない。俺達、契約者同士は一定の距離以上離れられないのを知ってるだろ？　ムランを回収しない限り、俺達は戻れねーよ」

「だったら、私が加勢するから、さっさとあの子達をやって逃げるわよ」

「だが、手を出さないと約束……」

「そんなこと言ってる場合じゃないわ。早くしないと、あいつが来る……」

マーリンは渋《しぶ》るメルドを急《せ》かしているが……
・・・・・
「もう来てるぞ？」

俺の言葉に反応した二人が即座に飛び退《の》き、こちらを向く。

「くっ……いつの間に‼　エッジは……死んだのね」

「そうだな……確認してないが、恐らく死んでいると思うぞ」

唇を噛みしめるマーリン。そしてリアムの姿をしたメルドが俺を見据える。

「……本当みたいだな。おい、マーリン、どうするんだ？」

「逃げるのはもう無理そうね。メルド、前衛いけるかしら？」

「どうだろうか……見た目は弱そうだが、こいつがエッジをやったんだよな？　だったらリアムの身体じゃ荷が重いかもしれん」

「そうよね。けど、なんとかしないと私達はここで死ぬわ」

「そいつはご免だね……っと！」

そう言うと、メルドが瞬時に身を屈《かが》めてこちらに突進してきた。

ああ、こいつも俺の苦手な近接戦闘タイプか。本当に勘弁してほしい。

俺は奴が近づけないように、密かに周囲の地面を流体化させる。

さあ、いつでもいいぞ。

だが、全く動こうとしない俺を警戒したのか、メルドは流体化した地面の手前で止まった。

どうやら気付かれてしまったようだ。

「マーリン、地面がなんか変だ。どうにかできないか？」

「その男の魔法、私よりレベルが高いみたいで干渉できないのよ」

「お前よりレベルが高いのか……それだけで異常だな。どうする？」

レベルが高いのは事実だけど、異常とまで言わなくてもいいんじゃないか？

そんな俺の思いも知らずに、二人は話を進める。

「このままあいつが泥濘《ぬかるみ》の中心から出てこなければいいんだけどねえ……」

「さすがにそこまで馬鹿じゃないだろ。そりゃ無理だ」

「そうよね……」

「倒すのも無理、逃げるのも無理。だったら……やることは一つだな！」

メルドはこちらが反応するよりも早く、ムランと戦っているマリア達の方へ向かった。

一方マーリンは、俺がメルドを追わないように位置取りして、牽制している。

だけど、見張るだけじゃ意味がないと思うぞ？

（マリア、そっちにメルドが行ったけど、どうにかなりそうか？）

（……申し訳ありませんが、厳しいと思います。現状ムランという鎧の足止めだけで手一杯なので、メルドに合流されたらそれすらできなくなります）

（そうか。なら、俺がなんとかしないといけないな）

俺はマリアに確認を取ると、合流を防ぐためにメルドの近くに転移し、拳を向けた。

しかし、どうやって察知したのか、紙一重《かみひとえ》で避けられてしまう。

見た目が小さい女の子だから、俺の方に迷いが出たのか？　手加減したつもりはなかったんだけど。

疑問に思っている間にメルドが後ろに飛び退き、距離を取った。

俺の攻撃をかわしたメルドが、マーリンに話しかける。

「おいマーリン、これはいったいどういうことだ？　俺は幻《まぼろし》でも見ているのか？」

「私も何が起こったのかわからないわ。目を離したつもりはないのだけれど……」

「何かタネがあるんだろうが……わからないうちは離れているからといって警戒を怠《おこた》らない方がいいな」

「わかっているわ」

「それにしても、これじゃあ嬢ちゃん達を人質に取るのも難しい。仕方ない……マーリン、お前だけでも逃げろ」

「でも、あなたは……」

「俺はムランを押さえられているから逃げられん。なら、お前だけでも本陣に戻って情報を伝えるべきだ」

「……ええ、わかったわ」

マーリンは俺から逃げるようにその場を走り去った。

『土魔法』の厄介さは、使い手の俺が一番よく知っている。だから彼女を逃がすわけにはいかない。

しかし、とりあえず後ろにいる氷の槍が刺さった鎧――ムランといったか――をどうにかしないと。

俺は走るマーリンを横目に、ムランを『土魔法』で覆う。

それを見たメルドが、懇願するように俺に言った。

「……なぁアンタ。無茶な願いだとは思うが、リアムの命だけは見逃してやっちゃあくれないか？　彼女はまだ幼い。契約で俺達の頼みを聞いているだけなんだ。もしそうしてくれるなら、俺達はアンタのためになんでもすると約束する」

「見逃す？　お前らは俺達を殺そうとしたのに？　それに約束をしたからといって、後で守られる確証《かくしょう》がない。申し訳ないが、お前達にはここで死んでもらう」

「そうか……なら、こちらも全力でいく‼」

メルドはそう言うや否《いな》や、もの凄い速度でこちらに迫ってきた。

すかさず、マリアから警告の念話が入る。

（ケンゴ様、拳はフェイントです‼　右後ろ、回し蹴りがきます）

おお、それは当たったら痛そうだな。

（大丈夫だ。いくら素早くても、対象が一人ならいくらでもやりようはある）

俺はマリアにそう返すと、メルドとの間に大きな壁を造った。

メルドはその壁に一瞬驚いたものの、すぐに迂回しようと方向転換する。

しかしその先にも壁が出現し、行く手を阻む。

周囲を見回すメルドの四方で次々に壁をせり上げ、完全に動きを封じた。

最後に囲いの上を閉じて地面を硬化すれば終わりだ。

中から壁を殴りつける音がするが、無駄な努力だ。

熊五郎でも破壊できない壁相手に、あんな小さな子供の身体では無理だろう。

（マリア、リン、ポチ達と合流して魔物の殲滅に当たってくれ。俺はマーリンを片付ける）

念話で指示を出し終えた俺は、マップの情報をもとにマーリンのところへ転移する。

――すると、いきなり大きな爆発音が聞こえてきた。

爆発⁉　エレナの魔法か⁉

俺は思わず腕で顔を覆い、身構える。

「邪魔をするな‼」

声の方を見ると、煙の中で『土魔法』を発動し、誰かを攻撃しようとするマーリンの姿がうっすらと見えた。

彼女の視線の先にはゴブ一朗とエレナ。ゴブ一朗が地面から突き出る槍をことごとく切り落としている。

ああ、回復した二人が、逃げたマーリンを追っていたのか。

「あなた達はケンゴ様の姿と能力を見てしまいました。その情報を敵に渡すわけにはいきません」

エレナが容赦なく『火魔法』を撃ち込み、それに乗じてゴブ一朗が少しずつマーリンとの距離を詰めている。

そういえば、いつの間にかあいつらが纏っていた黒い魔力がなくなっているな……

いよいよゴブ一朗が目前に迫り、マーリンが苦《くる》し紛《まぎ》れに叫ぶ。

「ぐっ……魔族の手先風情が‼　そんなに人を苦しめるのが楽しいか⁉」

魔族の手先……？　どういうことだ？

だが、彼女が次の言葉を発する前にゴブ一朗の剣がその首を落とした。

＊＊＊＊

初日の戦闘が終わり、エスネアート王国軍本部の天幕では、軍議が開かれていた。

「初日の被害は左軍が半壊《はんかい》、中央軍が三割、右軍がなしか。ガスタール、例の奴らの力はそんなに凄かったのか？」

総司令のレルドが、右翼を束《たば》ねるガスタール将軍に問いかけた。

「ええ、私達は一切軍を動かしていません。彼らが戦場を撹乱したところで攻撃を仕掛けるつもりでしたが、その必要すらありませんでした。彼らは少数で帝国軍を圧倒していました。無数の魔法に投石、さらに数多くの魔物を従え、一人の被害も出さずに戦場を支配するなど、異常としか言いようがありません。さらに報告では黒い魔力を纏う部隊も問題なく撃退したと聞いております」

「そうか、奴らは今回の戦争に勝利するための鍵になりそうだな。……右軍に配置したのは失敗だったか。どうやら妹の見る目が正しかったようだ」

「いえ、敵の主力がどこにいるのか不明だった以上、戦果はあまり変わらなかったと思われます。あとは明日以降、彼らをどのように使っていくかが勝負の分かれ目になりそうです」

「そうだな。中央に配置した上で、適宜《てきぎ》味方が薄くなった場所の支援をさせるのがいいが、奴らの考えもあるだろう。一度意見を聞くか」

「ええ、私もそう思います。ちょうどキャンプで待機しているはずですから、呼びに向かわせましょう」

「ああ、頼む」

＊＊＊＊

あれから俺達はエッジ達を回収し、引き続き帝国の魔物の殲滅に当たった。

結局、他には強敵も現れず、日が暮れるまで敵軍の魔物を狩り続けた。少なくとも、右翼側に関しては、相手の魔物はもうほとんど残っていないはずだ。

撤退の合図が出た時の戦況を見るに、明日は被害のあった中央か左軍に回った方が良さそうだ。

敵を削《けず》っていれば、いずれ勇者やら第一王女やらの情報も出てくるだろうし、焦らずにやっていこう。

右翼側は順調だったが、全体としてみると、王国側にもかなりの被害が出たみたいだ。

俺達は先ほどまでキャンプ内の怪我人の治療に当たっていた。

拠点のゴブリンヒーラー達は身重《みおも》なので、負担がかかりすぎないように、軽傷者の治療を任せている。

兵士達はアンデッド相手だとやる気よりも恐怖心が勝《まさ》るのか、戦闘前にサラが上げた士気がすっかり下がってしまったようだ。

この調子で本当に明日も戦えるのか？

まあ、とりあえずその懸念は置いておこう。

俺はこの後、エッジ達を召喚して情報収集を行う予定だ。

彼らは結構強かったし、ある程度重要な情報を持っていると期待できる。

マーリンは勇者について何か知ってそうだったしな。

俺は早速召喚を行うために拠点に戻ろうとしたが——一人の兵士がこちらに駆け寄ってきた。

「失礼します！　ケンゴ殿に伝令です！　中央の天幕にて、総司令閣下《そうしれいかっか》がお話をお聞きしたいと申しております。ご足労《そくろう》いただけないでしょうか？」

レルド王子が俺に話……明日の予定かな？

まあ、行ってみればわかるか。

俺は拠点に戻るのをやめて、中央の天幕へと向かった。

天幕の中に入ると、三人の男が机に地図を広げて何やら話し合っているところだった。

レルド王子とガスタール将軍ともう一人。

とりあえず声を掛けてみよう。

「お疲れ様です」

「おお、やっと来たか。今日の戦果、大儀《たいぎ》であった。こっちに座れ」

振り返ったレルド王子が、俺に椅子を勧める。

ガスタール将軍ともう一人の男も、俺に視線を向けた。

……誰だ？　この面子《メンツ》から見ても、恐らく地位の高い人間だと思うけど……

俺の疑問はレルド王子がすぐに解消してくれた。

「ああ、すまない。紹介が遅れたな。この男は左軍を取り纏めているカルロス将軍だ。覚えておいてくれ」

男はこちらを見て、自己紹介をする。

「カルロスだ。君の今日の武勇《ぶゆう》は聞いている。本当に見た目は普通の男だな……。クリスティーナ様の慧眼《けいがん》には恐れ入る」

「初めまして、ケンゴといいます。以後、お見知りおきをお願いします」

挨拶が終わると、レルドが場を仕切り直す。

「さて、紹介も済んだことだし、本題だ。ケンゴよ、明日はどう動くつもりだ？」

俺の動き？　それを決めるのがレルド王子達の仕事じゃないのか？

そう思いつつも、俺は自らの考えを述べる。

「今日の戦いで敵左翼の魔物はあらかた殲滅しましたので、中央か左軍寄りに配置していただければ、その都度臨機応変《つどりんきおうへん》に動きますよ」

「ふむ、そうか。貴様は帝国の魔物程度であれば問題なく殲滅することができるのか？」

「うちの仲間達が優秀なので。魔物に限らず、人間でもそれなりには対処できます。ですが問題は、帝国軍に比べて圧倒的に人数が少ないことです。数日なら平気でしょうが、連日戦闘を行って疲弊《ひへい》した場合は、本日のような戦果を出すのは厳しくなると思います」

そんな事情もあり、できれば早めに勇者と第一王女を見つけてしまい、あとは魔法で一気にけりをつけたい。

今日見た感じだと『土魔法』を行使し、広範囲にわたって敵を沈めて硬化すれば、大半を戦闘不能にできるはず。

難点《なんてん》があるとすれば、硬化のせいで大体どこかしらの骨が折れてしまうため、味方を巻き込めないことだ。

さすがに第一王女を骨折させるわけにはいかない。

「確かにその通りだな。短期決戦か……。お前達、いけそうか？」

レルド王子は納得したように頷きながら、ガスタール将軍とカルロス将軍に話を振った。

「私の右軍は無傷なので、士気次第では可能です」

「左軍は被害が大きく、現状では戦線を維持するのが限界だろう」

カルロス将軍率いる左軍はやはり厳しそうだ。

「ふむ、私の軍も本日の戦闘のせいで士気が低い。どうしたものか……」

悩むレルド王子に、俺は隠していた情報を話すことにした。

「別に焦って短期決戦にする必要はありません。言っていませんでしたが、この前、個人的に帝国の食料を少しばかり強奪してきました。ここでの戦闘が長引けば、帝国兵の士気は下がっていくと思いますよ」

唐突《とうとつ》に明かされた事実にレルド王子達はかなり驚いたようだ。しかし、すぐに冷静さを取り戻して、戦略を練り直しはじめる。

「本当か？　黙っていたのは頂けないが……まあよかろう。しかし、それは朗報《ろうほう》だ。では明日以降は貴様達を主軸に被害を減らしながら戦線を維持するのが得策《とくさく》か」

うーむ、主軸か……

あまり頼られても困るが、第三王女には王国を勝利に導くと約束している。やるからにはしっかりやろう。

しかし、レルド王子は俺の表情の変化を見逃さなかったようだ。

「なんだ、不満か？　いや、貴様達は援軍だったな。負担ばかり強《し》いるわけにはいかない。無事勝利できたら、相応の褒美《ほうび》を用意してやろう。何が欲しい？」

おお、それはありがたい。

ガスタール将軍にもお願いしていたけど、総司令であるレルド王子が言うのなら間違いないだろう。

「では、帝国の魔物の魔石が欲しいですね。私達が倒したものはもちろん、他の人が倒した者の魔石も譲っていただきたいです」

「魔石か……。構わんが、そんなに集めてどうする？　変わった奴だな……」

「それからもう一つ。今後、戦場に勇者が出てくる可能性があると思います。その際、できれば、私達から……特に私からはっきり見える位置に誘導していただきたいのです」

レルド王子は少し思案しているみたいだ。

「……ふむ、わかった。その条件は守ろう。その代わり、貴様らには明日から中央軍の第一陣を任せるぞ？」

「承知《しょうち》いたしました。王女様との約束もありますし、必ずエスネアート王国を勝利に導いてみせますよ」

そう言い残して、俺は席を立った。

天幕の外に出ると、エレナとゴブ一朗が待ち構えていた。

この二人――特にゴブ一朗が俺を待っているなんて、珍しいな。

何かあったのだろうか？　怪しくないはずなのに、少し警戒してしまう。

首を傾げる俺に、エレナが歩み寄ってくる。

「ケンゴ様に折り入ってお願いがあります」

「グギャギャ、グギャ」

「お願い？　珍しいな。ていうか、ゴブ一朗は今、なんて言ったんだ？」

今日の戦闘ではジャックが何も言わずに全て通訳してくれていたから、少し戸惑ってしまう。

あいつは他の仕事をしながらでも平気で通訳してくる。いったいどういう頭の作りをしているのだろうか？　本当に恐ろしい。

『俺達を強化してくれ』

ゴブ一朗の言葉をエレナに通訳してもらうと、それは意外でもなんでもないお願いだった。

なんだ、レベルの上限に達しただけか。

そりゃ、あれだけ倒したら経験値も大量に入るよな。

二人揃って真剣な顔つきで話しはじめるから、何事かと思ったぞ。

『戦争も終わらぬうちに、主にこのような願いをするのは恥だとわかっている。しかし、俺はもう二度とあの時みたいな思いはしたくない。己の力不足で主に迷惑を掛けるなんて……』

迷惑？　そんなことあったか？

むしろ、俺の方がいつも迷惑を掛けている気がするけど……

どうやらエッジとの戦闘に敗《やぶ》れたのがよほどショックだったらしい。

でも、あいつが魔道具でドーピングするまでは互角《ごかく》だったし、あまり気にしなくていいと思うぞ。

「私もあの女を倒せず、結局ケンゴ様に頼ってしまいました。手出し無用と言っておきながら……自分の不甲斐《ふがい》なさが腹立たしいです」

『俺達も主を支えるために努力をしてきたつもりだが、やはり限界がある。そして、今は力をゆっくりつけている時間がない。主に頼る俺達を許してくれ』

「いやいや、許すも何も、上限に達したらすぐに強化の申請をしてくれていいんだぞ？その状態だともうレベルも上がらないし、せっかくの経験値が無駄になる」

この際だから、一度みんなに確認するか。

俺はエレナ達を連れて、一度拠点に戻った。

＊＊＊＊

結局、念話でみんなに確認したら、今回戦争に参加している奴は全員レベル上限に達していた。

お願いだから自己申告してほしい。

強化するとその反動でみんな寝てしまうから、先にエッジ達の召喚をしてしまおう。

ゴブ一朗達が解体して持ってきたエッジ達の魔石の等級は、やはり他の兵士達よりも高かった。

等級は十段階あり、数字が小さくなるほど位《くらい》が高くなるのだが、リアムこそ最低の１０

等級だったものの、マーリンが７等級、エッジは６等級だ。

ちなみにゴブ一朗は７等級だ。

ゴブ一朗の奴、各上の６等級相手に互角に戦っていたのか……凄いな。

とはいえ、現状、エッジ達を召喚するには俺の『召喚』スキルのレベルが足りない。

この後ゴブ一朗達の強化も控えているので、『従属強化』と『召喚』をまとめてＬＶ５まで上げておく。

召喚すると素《す》っ裸《ぱだか》になるから、エッジ達が生前着ていた服を用意して、と。

早速始めようとしたら、エレナから待ったがかかった。

「ケンゴ様、あの女……マーリンを召喚するのはやめておいた方が良いと思います」

「ん？　何か問題でもあるのか？　勇者の情報も知りたいし、できれば戦力の増強《ぞうきょう》もしたい。彼女の『土魔法』は役に立つと思うが……」

「あの女を蘇らせると、ケンゴ様にご迷惑が掛かる可能性があります」

「迷惑？　どういうことだ？」

「それは……」

追及《ついきゅう》すると、何故かエレナは口ごもってしまった。

まぁ、他の奴らは反対していないし、俺に迷惑が掛かるくらいならなんとでもなる。

まだ何か言いたそうなエレナを横目に、俺はエッジ達を召喚した。

例によって魔法陣が出現し、召喚は無事に成功。

エッジ達がそれぞれの反応を見せながら、着替えはじめる。

「チッ！　やっぱり俺は死んじまったのかよ」

「あら、私も結局何もできないまま殺されたのね」

「メッちゃん……ムッちゃん……」

意外にも、召喚されたこと自体には驚いていないようだ。

服を着終えたエッジが俺に向き直る。

「わざわざ生き返らせてくれたのは感謝するぜ、ケンゴ様……だったか？　俺達はこれから何をすればいい？」

ふむ、それなら……

「まずは帝国の現状と、勇者や第一王女のことを教えてもらえるか？」

「ああ、構わねぇよ。帝国が対魔王戦に備えて元魔王の魔石を集めていることは知っているよな。まぁ、俺達も雇われの身だから詳しくはわからねぇが、王国以外にも、色々手を出しているみたいだな」

マーリンが一つ頷いて話を引き継ぐ。

「私が聞いた話だと、王国以外に獣王国やエルフ達にも手を出しているらしいわよ」

「エルフだと？　おいマーリン！　帝国はあんな森の引きこもりにまでちょっかいを掛け

てんのか？」

「ええ、あくまで聞いた話だけど」

なるほど、帝国が暴挙《ぼうきょ》に及んでいるのは、エスネアート王国に限った話じゃないのか……

「それで、他に勇者や第一王女のことはわかるか？」

この質問に、エッジが確認するように問い返す。

「第一王女？　それは王国の王女のことか？」

「ああ、そうだ」

「だったら知らねぇな。今回の戦争になんか関係があんのか？」

「帝国に攫われて、今回の戦争における取引の材料に使われる予定らしい」

心当たりがないらしく、マーリンが首を捻る。

「そう？　でも従軍していた時に、王女らしい人は見なかったわよ」

そうか……もしかして帝国軍は第一王女を連れて来ていないのか？

俺の疑問をよそにエッジが話を進める。

「あとは勇者だったよな？　あのむかつくガキのことなんか調べてなんになるんだ？　あれが魔王を倒せるとは到底思えないけどな」

「そうね……だけど、今回の戦争も、勇者の力がなかったら王国をここまで追い込むことはできなかったわ」

「それは確かにそうだな。敵にアンデッドがいないと役に立たないが、奴の力は魔王軍相手には効果的かもしれねぇな」

どうやら二人は勇者を知っているらしい。

それにしても〝敵にアンデッドがいないと意味がない〟とは、どういうことだ？

勇者のスキルはアンデッドを作り出す能力じゃないのか？

それに、エッジの口ぶりからすると勇者はかなり若そうな感じだ。まあ、あいつから見た〝ガキ〟というのがどのくらいの年齢を指しているのかはわからないけど……

これは詳細を聞く必要があるな。

「勇者について知っているなら、もう少し詳しく話してくれないか」

「そう言われても、俺はそんなに知らねぇんだよな……」

「私も似たようなものね」

おいおい、勇者っていうのはそれほどの機密《きみつ》事項なのか？

「確か、複数召喚されたと聞いたが、人数とか年齢もわからないのか」

この質問にはマーリンが答える。

「帝国に召喚された勇者は合計六人いるわ。年齢は成人するかしないかってところかしら」

「成人？　二十歳くらいか？　さっきエッジはガキだって言っていたから、もっと若いのかと……」

「ケンゴ様、この世界の成人年齢は十五歳です」

横からエレナが補足してくれた。

ああ、そうだったのか。地球基準で考えてしまう癖がなかなか抜けないな。

エッジはエレナの言葉に少し違和感を覚えたみたいだったけど、すぐに追加の情報をくれる。

「この世界……？　まぁいい。少なくとも、あのガキどもは単体だとそんなに強くないぞ。数千年ぶりの勇者様と聞いて期待して手合わせしたら、ただの青臭《あおくさ》いガキどもだったからな」

「あらエッジ、いつの間にそんなことをしていたのかしら？　気付かなかったわ」

「お前らが買い物に出ている間にな。中には強いのもいたかもしれないが、全体的に弱いというのが俺の見立てだ」

ほうほう、勇者は弱いのか。だが、俺もまだスキルに慣れていなかった頃はそんなに戦えなかったし、あまり当てにはできないな。

それにしても、勇者は帝国で保護されていると聞いていたが、そんな連中に試合をふっかけるとは、恐ろしい行動力だな。怪我させたらどうするつもりなんだ？

エッジはそのまま言葉を継ぐ。

「他にわかっているのは、この遠征《えんせい》に帯同《たいどう》している勇者のスキルだけだ。あいつはアンデッドを操る」

操るか……

そこが不思議だったんだよな。どうも俺の認識と違う。

「今回のアンデッドを作ったのは勇者じゃないのか？」

疑問をぶつけてみたが、マーリン達も首を傾げる。

「どういうことかしら？　王国民の死体がアンデッドになるのは、王国が魔族と手を結《むす》んで魔王の手先になったからだと聞いているわ。私は今回の従軍でアンデッドに生まれ変わる姿を実際に見たわよ」

おかしい……

王国民が魔王と契約したなんていう話は知らないし、それがアンデッドになる条件だというのも初耳だ。

「ん？　やはりお互い持っている情報に齟齬《そご》があるな。魔王の手先になったら人間はアンデッドになるのか？」

「私はそう聞いているわ。普通は死んだら終わりなんだけど、魔王と契約したらアンデッドとして蘇るらしいわよ。過去の文献にも似たような記述があるわ」

変だな。今まで王国内で俺達が殺した人間は普通に死んでいた。最近では第三王女クリスティーナが襲われた際に死んでしまった護衛達も、アンデッドにはなっていない。

……いったいどうなっているんだ？

勇者がアンデッドを操っているだけだとしたら、それを作り出しているのは別の人間ということになる。

勇者以外にも、俺に似たユニークスキル持ちがいるのか？

これ以上王国側に被害を出さないためにも、死体からアンデッドを作るスキルの持ち主は排除しておきたい。

勇者のスキルが本当にアンデッドを操るだけのものなら、それで無力化できるしな。

とりあえず、怪しい奴がいたら『鑑定』して回るか。

知っている情報は全部出し尽くしたのか、エッジ達はこちらを見つめている。

「それで、俺達は何をすればいい？」

「ああ、そうだったな。まだ戦争は続いているから、明日はこちら側について戦ってほしい。できるか？」

「ああ、それは問題ねぇ。だが、俺達の顔は帝国じゃ結構知れ渡ってるから、バレると知り合いが面倒に巻き込まれる可能性がある。だから、ケンゴ様の軍が付けているその仮面を貸してもらえると助かる。あと、武器もだな」

そこまで頭が回るとは、大したものだ。

「構わないぞ。武器は生前お前達が使っていた物を回収してある。だが、仮面については俺はあまり関与していないんだ。そもそも、あれは誰の提案で作ったんだ？」

拠点の奴らに問いかけると、隣のエレナが名乗り出た。

「あれは私が作りました」

「……あんな不気味な仮面を作ったのはお前か」

「はい。私達の中には生前犯罪に手を染《そ》めた者も多数います。ケンゴ様が外で活動する際にその事実が邪魔にならぬよう、私達の身分を隠しておこうかと思いまして」

おお、そうだったのか。

確かにいくら更生《こうせい》したからといって、被害者がいる街に当の犯罪者が平然と闊歩《かっぽ》しているのは心証《しんしょう》が悪いし、いらぬ混乱が生じるだろう。

さすがエレナだ。不気味な仮面とか言ってごめんな。

「デザインはともかく、事情はわかった。それで、エッジ達に渡す分はあるのか？」

「はい、いつケンゴ様が仲間を増やしてもいいように、多めに作ってあります。各自のオリジナルの仮面を作るには時間が掛かりますが……」

「ああ、有《あ》り物で大丈夫だ。とりあえず今回の戦争で使えればいい」

「では、エッジとマーリン、それとリアムの三人分でよろしいでしょうか？」

リアムは……どうかな？　先ほどから一言も発していないけど、戦闘に参加するのか？

「メッちゃん……ムッちゃん……」

なんだか元気がないな。

生前はあんなに元気な明るい子だったのに、今では見る影もない。

「メッちゃんとムッちゃんがいなくなっちゃった……」

ブツブツ呟いている内容から推測するに、彼女が『契約』スキルで出していたメルドとムランか。

恐らく、リアムの死か俺の『召喚』スキルが原因で、その契約がリセットされてしまったのだろう。

「リアム、契約はどうやって行っていたんだ？」

「……魔石とお話して、お互いに納得したら契約を結べるんだよ」

「そうか、それで契約したら、その魔石はなくなるのか？」

ちなみに、『召喚』スキルはその魔石を元に生前の姿や記憶を再現している。同じような仕組みだとしたら、さすがに、消えてなくなるとは考えづらい。

「契約した魔石は肌身離さずに持たないと、契約の効力が発揮《はっき》できないんだよ。だからいつも、契約したら魔石を簡単なアクセサリーに加工してもらって持ち歩いてたんだけど……」

そう言って、リアムは自分の衣服をあちこち触って確認しはじめる。

やっぱり、なくなるわけではないのか。

「ああ、それなら大丈夫だ。リアムの魔石と一緒に回収できているはずだ。ゴブ一朗、探せるか？」

一つ頷くと、ゴブ一朗はどこかへと消えていったが、すぐに魔石が嵌め込まれたペンダントとブレスレットを持って戻ってきた。

リアムはゴブ一朗が無言で差し出したそれを、大事そうに胸に抱える。

「メッちゃん‼　ムッちゃん‼」

よほど大切なものだったんだな。

「魔石があるなら、俺が二人を召喚できるぞ」

俺の一言で、リアムが目を輝かせる。

「ほ、本当⁉　メッちゃんとムッちゃんが生き返るの⁉」

「ああ、本当だ」

「ちょ、ちょっと待っててね‼」

彼女はそう言って魔石に向き合うと、何やらぶつぶつと話し出した。

ムランとメルドに確認を取っているらしい。

「二人とも大丈夫みたい！　メッちゃんとムッちゃんを生き返らせて！」

肉体を持って蘇ることができるなら、リアムとの契約状態よりも未練を解消しやすいと判断したようだ。

早速俺は、メルドとムランを召喚した。

召喚されたムランとメルドの見た目はどちらも筋骨隆々の男で、年齢は三十代というところか。

顔は……イケメンだ。

この世界に来てからずっと感じていたのだが、美男美女率がかなり高い気がする。

俺がいつも平凡とかパッとしないとか言われるのも納得できる。

二人は凝《こ》りを解《ほぐ》すように体を動かしながら、俺に礼を述べる。

「ああ、やはり自分の身体ってのはいいな、動きやすい。……と、自己紹介が遅れたな、俺はメルド」

「ムランだ。私達の願いを聞いていただき、感謝する」

「そうか、喜んでもらえて何よりだ」

挨拶を終えたメルドが、神妙な表情で切り出した。

「復活させてもらって早々の頼み事で申し訳ないが、俺達はリアムの側にいても構わないか？」

「それについては、私からも頼む」

ムランもメルドに続いて頭を下げる。

「別に構わないが……何か理由があるのか？」

「リアムは俺達がいなくなったらただの子供だ。それに、今までの恩もある。代わりの契約者が見つかるまで、側で守ってやりたいんだ」

「なら、気が済むまで側にいてやれ」

それにしても、リアム自身には特筆《とくひつ》すべき能力がないとなると、戦力としては計算に入れない方がいいな。

まぁ、子供を戦争に出すのもどうかと思うし、拠点が賑《にぎ》やかになるなら良いか。

メルドは俺の返答に礼を言って、こう付け足した。

「リアムの側には一人いれば足りる。今回の戦争には俺かムランのどちらかが手を貸そう」

「お、いいのか？　それは助かる。……よし、話も纏まったところで、みんなの強化をするか」

あまりゴブ一朗達を待たせたら可哀想だからな。

すると〝強化〟という言葉にエッジが食いついてきた。

「強化？　なんだそれ」

「ああ、『強化』は俺のスキルだ。魔石には等級があるだろ？　俺に従属した奴限定だが、その等級を上げて強化することができるんだよ」

「んじゃ、今よりもっと強くなれるのか？　どれくらいだ？　こいつより強くなれるのか？」

そう言って、エッジはゴブ一朗を指差した。

「それは、努力次第じゃないかな」

今回の強化で、ゴブ一朗の等級はエッジと同じになる。

「強化はレベル上限に達しないとできないから、ゴブ一朗を追い越したいなら頑張ってレベルを上げないとな」

「チッ、やっぱそう簡単に強くなる方法はねぇか。そのレベルってのはどうやったら上がるんだ？」

「生物を倒せば、その経験が〝経験値〟として蓄積《ちくせき》されて、それが一定値を超えるとレベルが上がるぞ。当然、多く倒すほど、たくさん経験値が得られる」

「なら簡単だな。早速、今から帝国に奇襲《きしゅう》をかけに行こうぜ」

意気込《いきご》むエッジに、ゴブ一朗がエレナの通訳を介して横槍《よこやり》を入れる。

『お前は馬鹿か？　敵の戦力もわからないのに奇襲をかけて包囲されれば、また主に迷惑が掛かるだろうが』

「あ？　それは問題ねぇよ。今回の遠征は俺より強い奴はほとんどいないからな。マーリンが一緒なら簡単に逃げられる」

なんだって……まさか、エッジ達が帝国の最高戦力だったのか？

てっきり中堅《ちゅうけん》くらいかと思っていたのに、衝撃の新事実だ。

「何を驚いているんだ。俺は一応S級冒険者だぞ？　マーリンはA級だが、そんじょそこらの帝国兵士と一緒にしてもらっちゃ困る」

いや、そのS級冒険者というのも初耳だ。

そもそも、その肩書がどれほどのものかわからない。

「おいおい、疑ってんのか？　日頃から高レベルダンジョンや野生の魔物を狩っているんだ。この世界で俺より強い人間なんて、数えるくらいしか知らねぇよ」

まさか、エッジが帝国ではなく世界有数の強者だったとは……

確かに、今まで野盗や山賊、さらに黒の外套や帝国の兵士等、多くの人間を倒してきたけど、そこまでの強さは感じなかった。ガスタール将軍ですらマリアに負けていたしな。

ゴブ一朗やエレナが手こずったエッジ達は、俺達の出会った初めての強者だと言える。

だが、魔物はどうだろうか？

ゴブ一朗達を見ると、まだ7等級でこの強さだ。

2等級とか3等級の魔物が出てきたら、人類はどうなるんだ。

エッジ達の強さを基準に考えると、人類がどうやって以前の魔王を倒したのかわからない。

それほどまでに勇者が突出《とっしゅつ》して強かったのか？

エッジの口ぶりでは今回の勇者は大したことなさそうだけど、魔王を倒す特別な手段を持っているのかもしれない。

今は圧倒的に情報が不足している。他に何かわかったら、その時に考えよう。

いずれにせよ、俺達のやることは変わらないしな。

とはいえ、敵軍でも上位に属するエッジを仲間にできたことは、戦力的にかなり大きい。

そのエッジと互角に戦ったゴブ一朗や他のメインの戦闘メンバーであれば、帝国の兵士程度は余裕で対処できそうだ。これで明日の戦闘は精神的に楽になる。

敵軍の多数を占める魔物を上手く抑えれば、帝国の本陣にまで行けるかもしれない。それで帝国を追い返せたら上出来だ。

こちらの手札はまだまだあるし、加えて帝国には兵糧《ひょうろう》の問題もある。焦る必要はないんだ。

第一王女の救出と勇者の捕獲を目標に行動していこう。

「何をそんなに考えてるんだ？　それで奇襲には行くのか、行かないのか？」

考えをまとめていると、エッジに催促《さいそく》された。

「……ああ、そうだったな。今夜の奇襲はなしだ」

エッジとマーリンの二人で行ってもできることはたかが知れているし、まだ魔物の数が多すぎる。

逃げればいいと言っていても、ゴブ一朗が懸念したように大勢に囲まれてしまえば、マーリンの魔力が先に尽きる。その結果どうなるかは、言うまでもない。

いくら強い人間でも、疲労は溜まっていくからな。無理は禁物だ。

「今日はみんなの強化をしなければならない。奇襲は明日以降、勇者が見つからなかったら考えよう」

俺はエッジにそう言うと、拠点の仲間を強化する準備を始めた。

＊＊＊＊

翌日――

中央軍に合流した俺は、レルド王子に布陣についての最終確認をされていた。

「最後にもう一度聞いておくぞ。本当に貴様に任せていいんだな？」

何を今さら。もううちの奴らは配置についているぞ。

「ええ、任せてください。それよりも、左軍と右軍の心配をした方が良いんじゃないですか？」

「ああ。だが、今日は無理な攻勢は掛けない。戦線を維持することに注力する手筈だ。昨日ほどの被害は出まい」

「それならいいんですが……。ところで、王国軍にはS級冒険者などはいないんですか？」

帝国にはエッジがいた。それなら、王国側に強い冒険者が従軍していてもおかしくはない。

しかし、レルドは苦々しい表情で答える。

「今回、各街のA級冒険者が援軍として参加してくれている。しかし、彼らの力をもってしても戦況は覆せないのが実情だ。A級といっても、個人や少数のチームでの参加がほとんどだ。いくら強者でも、数に勝る相手には手の打ちようがない。死を恐れぬ魔物があも押し寄せると、その場で持《も》ち堪《こた》えるだけで精一杯なのだ。普通はな」

なるほど、王国にも高クラスの冒険者はいるけど、敵の魔物――アンデッド達の前に為《な》す術《すべ》なしか。

というか、その言い方だと俺達が普通じゃないみたいだ。失礼な。

まぁ、拠点の奴らの風貌を見れば、そう言いたくなる気持ちはわからなくもないがな。

俺はゴブ一朗達が待機している場所を見る。

昨日はあれから強化を施《ほどこ》し、いつも通りゴブ一朗達魔物組が進化した。

ゴブ一朗がゴブリンキング、うさ吉が妖《あやかし》ウサギ、ポチがダークウルフになり、熊五郎もファングレッドベア、巳朗がキラースネーク、ミノタウロスはグラディエーターミノタウロスになった。

さらに、ゴブリン達は、ゴブリンナイトリーダーやゴブリンエリートアーチャー、ゴブリンエリートアサシンにゴブリンウィザードと、それぞれの適性に合わせて進化を遂《と》げている。

他にも、クロウファングウルフ、オリーブウルフやミストウルフ、スカイホーク、グラディエータービーにキラーアント、跳《と》び蹴《げ》りウサギや突進ウサギに妖精《ようせい》ウサギなどなど……

さすがに種類が多くなって、全ては把握しきれない。

全員が一回りくらい大きくなっていて、こう言っちゃなんだが見た目が怖い。

ほら、周囲の王国の兵士達なんて仮面を付けて顔が見えないはずなのに、雰囲気だけで引いているぞ。

唯一の例外は、あの可愛らしい丸ウサギ——改め、妖精ウサギだ。こいつは相変わらずマスコット的な外見で、全く強そうではないが……いったいどうやってレベルを上げたんだ？

こうしてみんな無事に進化を果たしたものの、一つだけ問題が発生した。

みんなの身体が大きくなったせいで、一部の装備が合わなくなってしまったのだ。

昨日のエッジ戦でわかったように、強敵と相対するなら防御力は必須《ひっす》だ。帝国にはエッジより強い奴はほとんどいないらしいが、油断はできない。すぐにサイズ調整ができればいいんだけど、ドワーフのゴラン達が作った装備は『土魔法』みたいに簡単には直せない。

まぁ、俺も戦場にいるから、重傷者が出たら臨機応変に対応していこう。

気を取り直して、俺はレルド王子に尋ねた。

「戦闘はいつ始まるんですか？」

「どちらかが動き出したら、それが開始の合図だ。こちらは貴様と相談して、タイミングを合わせようと思っているが……どうする？」

「俺からは特に何もありませんよ。昨日、打ち合わせた通りです。左軍と右軍で戦線を維持していただけたら、私達で中央を抜きます。左軍か右軍の被害が増えるのでしたら、最悪壁の後ろまで撤退してもらって構いません」

「そうか、なら私達は貴様達の負担にならぬよう、徹底して戦線の維持に努《つと》める」

レルド王子は頼もしい返事をしてくれる。

「そうしていただけると助かります。それと後ろにはうちのゴブリンプリーストが控えていますので、もし怪我人が増えて回復要員が足りない時は使ってやってください」

「わかった。そういえば、そのゴブリンは昨日も我が軍の兵士達を癒やしてくれたらしいな。礼を言う」

「いえいえ。ただ、あまり無理はさせないようにお願いします。彼女達は身重ですから」

「わかった。伝えておこう」

「では、私は仲間のもとに向かいます。すぐに始めますので、準備をしておいてください」

俺はその場を後にして、ゴブ一朗達が待機している場所へ向かった。

彼らの居場所はとてもわかりやすい。

周囲の兵士がゴブ一朗達から距離を置いているせいで、そこだけぽっかりと空間ができているのだ。

「ゴブ一朗、聞こえるか？　もう始めていいらしいぞ」

『全員聞いたか‼　昨日は俺も含めて不甲斐ない結果に終わった。だが俺達は主より、さらなる力を授《さず》かった。その力を世界に知らしめ、今日こそは主の手を煩わせることなく敵を殲滅する。そして、主よりも先に勇者を発見するぞ‼　わかったな‼』

『おおおお‼』

おお、凄い声量だ。

今回は拡声器を使っていないな。

ただでさえあんな大ボリュームなのに、あれで拡声器を使われたら耳が痛くて戦闘どころじゃない。

しかし俺の手を煩わせないよう頑張ってくれるのは良いが、できれば俺も手伝いたい。

それに、なんで俺より先に勇者を見つけるのを目標にしているんだ？

そんなことを言われたら、逆になんとしても先に見つけたくなる。

さぁ、ゴブ一朗達の準備もできたことだし、早速始めるか。

『行くぞ‼』

ゴブ一朗の掛け声と共に、二日目の戦闘が始まった。

帝国の勇者

戦闘開始直後、俺達は昨日と同様にアンデッドの集団と交戦した。

ゴブ一朗が勇《いさ》ましく指示を飛ばす。

例によって、ジャックが念話で中継《ちゅうけい》しているので、俺にも内容が理解できる。

『各隊長を主軸に戦線を広げろ‼　主は隙があれば手を出してくるぞ‼　油断するな‼』

おいおい、注意を向ける相手が違うぞ……

まるで俺がお前達を狙ってるみたいに聞こえるじゃないか。

まぁ、隙あらば手助けをしようと思っているので、あながち間違ってはいないが。

それにしても、今日のゴブ一朗達は凄いな。

今、俺の目の前には信じられない光景が繰り広げられていた。

昨日も主要メンバーはアンデッド相手にかなり優勢に戦っていたのだが、今日はまさしく一方的——虐殺と言っても過言ではない程の無双《むそう》っぷりを見せている。

それに続く他のメンバーも堅実《けんじつ》に戦線を維持しているし、後方に回り込もうとしてくる魔物はマーリン達の魔法部隊がしっかり対処している。

ぐぬぬ……これだと本当に俺が手を出す隙がないかもしれない。

さて、どうしようか……

すると、どこからかエッジの声が聞こえてきた。

「おい、ゴブ一朗‼　どっちが多く敵を倒せるか勝負しようぜ‼」

『馬鹿が、これは遊びではないぞ。まあ、結果として俺の方の討伐数が多くなることは目に見えているがな』

「はっ！　言うじゃねぇか‼　面白くなってきたな‼」

そんな会話をするゴブ一朗とエッジは、一際多く周囲の魔物を屠っている。

まずい、このままだと本当に出番がなくなってしまう。

とりあえず、魔力も余りそうだから、右軍と左軍の補助でもするか。

俺はマップを確認して、両軍の最前線の各所に壁を複数展開した。

なるべく味方に被害が出ないようにしたつもりだが、王国軍は突然現れた壁に驚いているみたいだ。申し訳ない。

だが、彼らも馬鹿ではない。すぐに壁を利用して魔物達を牽制しはじめる。

よかった、問題はなさそうだ。

これなら、もし昨日同様に投石が来ても被害を減らせるだろう。

ついでに、今ので自分の魔法がどのくらい遠くまで展開できるか検証できた。結果は予想以上だ。

勇者が視界に入りさえすれば、『土魔法』で捕獲できるかもしれないな。

俺はゴブ一朗達より先に勇者を捕獲するために戦場をくまなく見渡す。

しかしアンデッドばっかりで、なかなか勇者っぽい奴を見つけられない。

そもそも勇者ってどんな奴だ？

エッジ達にもう少し詳しく勇者の風貌を聞いておけばよかったな。

俺が勇者を捜《さが》している間に、既にゴブ一朗達は魔物の集団を突破《とっぱ》しつつあった。

今日は戦線を押し返しながら勇者の発見、捕獲を目標にしているので、このまま敵本陣に進軍する予定だ。

だがあまりにゴブ一朗達が強くなっているせいか、予想より早く魔物の集団を抜けてしまった。

このまま敵本陣に突っ込んだら、包囲されるか、大多数の魔物がレルド王子の方に向かうかもしれない。

……ここは俺の出番だな。

手を出すなと言っておきながら、ゴブ一朗も詰めが甘い。本当に仕方ない奴だ。

俺が早速『土魔法』を展開しようとすると、念話が聞こえてくる……

（『ポチ、うさ吉。予定通りここは任せたぞ』）

（『任せろ』）

（『了解したよ』）

予定通り？　おい、聞いてないぞ。

俺が戸惑っている間に、ゴブ一朗達が二手《ふたて》に分かれた。

少ない部隊を分けてどうするんだと思っていたが、どうやらポチとうさ吉が部隊の大部分を従えてゴブ一朗達の後方を守る作戦のようだ。

（確かに、これで背後を襲われる心配はなくなったけど、レルド王子の方はどうする？　魔物が向かっていくぞ）

ゴブ一朗は俺の指摘を笑い飛ばす。

（『この軍のトップは、主と戦線の維持を約束したのだろう？　これくらいで崩壊《ほうかい》するなら、後で笑ってやろう』）

まぁ、俺達が本陣に攻め込むことによって、投石は少なくなっているみたいだが……

万が一戦線が崩壊しそうになったら、俺が転移で戻って補助しよう。

とうとうゴブ一朗達は敵本陣の目前に迫った。

敵はまさかあのアンデッド軍を蹴散らすような奴らがいるとは思っていなかったらしく、浮き足立っている。

（『熊五郎、リン、盛大にぶちかませ』）

ゴブ一朗の合図と共に、熊五郎とリンが威嚇の声を上げた。

「「ガアアアアアア‼」」

拡声器で強化された二人の咆哮が戦場を駆け巡る。

昨日のアンデッド達は少し動きを止めた程度だったが、今回は生きた人間だ。帝国の兵士達は尻餅《しりもち》をついたり逃げだそうとしたりしている。

わかるぞ、その気持ち。あの熊五郎の威嚇は本当に恐ろしいからな。進化してさらに強力になっているし、リンも加勢している。

それに、帝国からしたら、あの風貌のゴブ一朗達が味方を蹴散らしながら向かってきているんだろ？

俺だったら、威嚇がなくても逃げ出す自信がある。そろそろゴブ一朗達は自分達の見た目が怖いという自覚を持った方がいいと思う。

そうこうしているうちに、帝国本陣と接敵した。

エッジがあまり強い奴はいないと言っていたが……その通りだな。

ゴブ一朗達の周辺は既に戦闘の体《てい》をなしていない。戦意を喪失《そうしつ》した人間を狩っているだけだ。

これは酷いな。いったいどこの地獄絵図《じごくえず》だよ……

この阿鼻叫喚《あびきょうかん》の平原には、もはや戦うという選択肢はなく、死ぬか逃げ延《の》びるかの二択しか残っていない。

この世界に来てから少しは耐性が付いたと思ったが……正視《せいし》するのはきついな……戦況を見守りながら帝国の兵士を哀《あわ》れんでいると、『気配察知』に帝国軍本隊から離れて逃げ出そうとする一団が引っかかった。

ん、妙だな？　確かに逃げ出したくなる気持ちはわからなくはないが、そこはまだ戦場にすらなっていない場所だ。

ゴブ一朗達は問題なさそうだし、少し調べてみるか。

俺はスカイホーク達にその集団の上に向かうよう指示を出す。

すぐに目標の上空に到達した連絡が来たので、早速ショートワープで彼らのところに移動してみた。

スカイホーク達はまさか飛んでいる自分達のところに俺が転移してくると思っていなかったのか、落下する俺を慌てふためきながら追ってきている。

事前に転移することを教えたらあいつらのことだ、絶対に着地してから連絡するだろう。後でエレナに知られたら怒られそうだが、今は怪しい集団を確認する方が優先だ。申し訳ないがもう少し付き合ってくれ。

地面にぶつかる前にショートワープすれば着地の心配はないとはいえ、全体を確認するためだけにパラシュートなしのスカイダイビングをするのは精神的によろしくないな。

俺がこう思考を巡らせている間にも、どんどん地面は近づいている。

アルバートに頼んだら好きな時に俯瞰《ふかん》できる魔道具とか、作れないだろうか？　今度聞いてみよう。

平原の上から見ると、集団が軍を離れていくのがよく見える。

例の集団は全員馬に乗っており、結構な速度で移動していた。

それにしても、なんでこの集団は軍から離れていくんだ？

ゴブ一朗達の勢いに恐れをなしたんだとは思うが、少し逃げるのが早すぎる。

とりあえず、本人達に聞いてみるのが手っ取り早い。

俺は地面にぶつかる前に、その集団の近くに転移した。

『隠密』の効果に加えて、逃げるのに必死だからか、向こうは俺に気がついた様子はない。

それをいいことに、俺は並走しながら彼らの話に耳をそばだてる。

走りながらだとよく見えないが、見た目が若く、周囲とは明らかに違う華美《かび》な装飾《そうしょく》が施された装備を纏う男と、それを守るように囲む兵士の一人がそう会話しながら馬を走らせていた。

「あの……本当に逃げ出しても大丈夫なのでしょうか？」

兵士の一人が、目立つ男に話しかけた。

「ああ？　いいんだよ。俺はこんなところで死ぬわけにはいかないからな」

「そうですけど……」

「それにしても何なんだ、あの化け物達は。あんなのがいるなんて聞いていないぞ！」

「それは私にもわかりません。予定ではアンデッドの軍だけでエスネアート王国を滅ぼすことができるはずだったんですが……」

「ちっ！　王国さんは本当に魔王の手下になっちまったんじゃないのか？　あんなの、人間がどうにかできるレベルじゃないだろ」

「確かに、あの集団の強さは異常でした。本当にエスネアート王国は魔王と手を組んでしまったのでしょうか？」

「俺に聞かれてもわからねぇよ。そういえば今回、帝国にもS級冒険者が来てたらしいけど……そいつはどうしたんだ？」

「エッジ様のことでしょうか？　初日に左軍に配置したところまでは報告がありますが、その後消息不明です」

「くそっ、役に立たないな。俺のアンデッドを囮《おとり》にして、さっさと帝国まで戻るぞ。あの化け物を相手にするには、まだレベルが足りない」

ふむふむ、俺のアンデッドねえ……これは当たりだな。

こいつは勇者か、アンデッドを作る能力者のどちらかに違いない。

俺は早速『土魔法』で、その集団の進行方向に壁を出現させた。

走っている馬の足を拘束しても良かったけど、勇者（仮）が落馬して死んだら大変だからな。

いきなり壁に行く手を遮られ、兵士達が騒ぎ出す。

「な、なんだこの壁は！」

「おい！　この壁……王国の魔法使いの仕業《しわざ》か？」

「くそっ……まずい！　転回して別方向に抜けるぞ！」

おいおい、ピンポイントで壁が出てきた時点で捕捉《ほそく》されていることくらいわからないのか？

逃げるよりも戦闘の準備をした方がいいと思うぞ。

それにしても、やはりスキルや魔法は便利だな。魔法は俺の考えた通りに発動できるし、まさか馬と並走できるほど早く走れる日が来るとは思ってもみなかった。

最近は必要に応じて取得するに留《とど》めているけど、いずれ落ち着いたらスキルブックの中身を少しずつコンプリートしていきたいな。

俺はスキルの凄さを改めて実感しながら、転回した集団を囲い込むように、新たな壁を出現させた。

「くっ！　完全に囲まれたか！」

「全員警戒！　〝魔纏着《まてんちゃく》〟を展開しろ‼」

俺の目の前で勇者を護衛している兵士達が黒い魔力を纏った。

ほう、その魔道具は〝魔纏着〟っていうのか。

お前ら、それが一般人から搾《しぼ》り取った魔力で動いているって知った上で使ってるのか？

俺は連中が動き出す前に地面を泥濘《ぬかるみ》へと変えて捕獲しようと試みるが、強化された運動能力はなかなか侮りがたい。

なんと護衛達は乗っていた馬を足場代わりに伝って、まんまと範囲外に出てしまった。

……勇者（仮）を残して。

なるほど、確かに地面を泥濘《ぬかるみ》にしても足場があれば抜け出せるな。

次回から気をつけよう。

まぁ、ターゲットを捕獲できたから良しとしようか。

一人取り残された勇者（仮）が喚き散らす。

「くそっ！　なんだこれ……おい！　お前ら、俺を助けろ‼」

周囲の兵士達は少年を助けようと泥濘《ぬかるみ》の周りを右往左往《うおうさおう》しているが、ロープ等の長物《ちょうぶつ》もないので手の出しようがない。

さっさと硬化して、捕獲するか。

「ぐ、ああああ……！　痛い、痛い、痛い。何なんだよこれ……何が起こってるんだよ‼」


硬化した地面に圧迫《あっぱく》され、勇者（仮）が悲鳴を上げた。

すまないな、加減できないんだよ。少し我慢してくれ。

ようやく近づけるようになり、周囲の兵士達は勇者（仮）を救うべく剣で地面を掘ろうとするが……ビクともしない。

エッジ達でもどうにもならなかった硬さだ、剣が折れるぞ？


「おい！　早く助けろよ‼」

「申し訳ありません。ですが、地面が硬すぎて……」

「っ……！　本当に役に立たないな」

「敵の魔法使いが近くにいると思われます。その魔法使いを倒せば、この拘束《こうそく》も解けるはずなのですが……」

「だったら、さっさとそいつを倒せよ‼　お前ら、俺の足がどうなってもいいのか⁉」


この勇者（仮）、何様だ？　さっきから横柄《おうへい》すぎないか。

鎧と兜《かぶと》で風貌が確認できないが、エッジの言うとおり、ガキっぽい。

地球から来ている奴だとすれば、まだ学生か？

とりあえず、もっと情報が欲しい。『隠密』を解いて話しかけてみよう。

……と、その前に、まずは『鑑定』だ。

どれどれ……まずコイツが勇者かどうかだが……ステータスの種族欄にはまんま〝種族：人間（勇者）〟と書いてある。そして、名前は村上《むらかみ》、明らかに日本人だ。間違いない。

スキル欄の一番下には、やはりユニークスキルがあった。

スキル名は『アンデッドメイカー』だ。

アンデッドメイカー？

確か勇者のスキルはアンデッドを〝操る〟スキルだったはず。

メイカーというからには、アンデッドを作るスキルだろう。他に魔物を操る系のスキルを持っているはずなんだが……

スキル欄をさらに詳しく見ていくと、その中に『死霊使い』というものがあった。

恐らくこれがアンデッドを操るスキルだ。

それにしても『鑑定』スキルは便利なんだけど、取得する情報量が多すぎるな。

目の前に表示される相手のステータスは、名前や職業、能力値などのわかりやすいものだけでなく、見たこともないスキルがずらっと並んでいることがある。そうなると、情報が全然頭に入ってこない。

戦闘や何か別のことをやりながら『鑑定』を行い、全てを把握するなんて不可能だ。

そういった理由から、鑑定対象を複数にはできない。二つくらいならまだしも、三人以上を同時に鑑定した日には、俺の視界は相手のステータスで埋め尽くされてしまう。

毎回ゆっくり鑑定している暇もないので、この点はどうにか改善したいな。

さて、ちょっと『隠密』を解いて反応を見るか。

俺はいまだに勇者の足下をどうにかしようとしている兵士達に声を掛けた。

「どうやっても地面は崩せないと思いますよ」

「っ！　誰だ‼」

驚いた様子の兵士達が剣を構えてこちらを警戒する。

念のため、自分の周囲も泥濘《ぬかるみ》に変えて、近づけないようにしておく。

「初めまして、私はケンゴと申します。その土壁を造った者です」

「貴様が王国の魔法使いか‼　全員、こいつを絶対に逃がすな‼」

「「「了解‼」」」

指揮官と思《おぼ》しき男が号令を発すると、兵士達は俺を取り囲むように陣形を組みはじめた。

「おい‼　そんなことより、俺の足下をどうにかしろよ‼」

怒鳴《どな》る勇者を、指揮官が宥める。

「勇者様、少々お待ちを。あの魔法使いをどうにかすれば、自ずと魔法も解けるはずです」

うーむ、それは何か根拠《こんきょ》があっての発言なのか？　地面は既に硬化済みだから、俺が死んでも勇者の足は埋まったままだと思うぞ。

「皆さん、落ち着いてください。手荒《てあら》な真似をしたことは謝罪いたします。ですが、私は勇者様とお会いしたくてここに来たのです。これ以上暴れなければ何もしないと約束いたしますので、どうか話を聞いてください」

俺はなるべく穏便な声色《こわいろ》を心がけたつもりだが、彼らには通じなかったみたいだ。まるで取り付く島がない。

「黙れ‼　敵の言うことを信じる馬鹿がどこにいる‼　おい、包囲はまだか？」

「奴の周りが泥濘化《でいねいか》しており、これ以上近づけません」

「なんだと？　誰か魔法を使える奴はいないのか？」

「おりません。魔法部隊は全て軍の中衛に配置しているため、ここにいるのは近接戦闘部隊のみです」

「くそっ！　そんなことはわかっている！　今考えるから、警戒を怠るな‼」

「了解‼」

少し話を聞いてくれるだけでいいんだけどな。……仕方ない。

「・・・村上君はこの世界に来てどれくらい経つのかな？」

勇者が驚愕の表情を浮かべる。

「……は？　おい‼　なんで俺の本名を知ってるんだよ？」

それは鑑定で調べたからだ。

「実は私も同じ地球からの転移者なんです。今、勇者について調べていまして」

「どういうことだ？　召喚されたのは俺達だけじゃないのか？」

「帝国に召喚されたのは、君達だけですよ。私は別口ですね」

まあ、その理由については俺も知らん。

あの神様、本当になんで俺だけ別で召喚したんだよ。

「ってことは、あんたも日本人なのか？」

「ええ、そうですよ。村上君達も、みんな日本からなんですか？」

「ああ、そうだ。斉藤達も同じ日本だ。っていうか、全員同じ中学だな。俺達は修学旅行のバスに乗っていたはずだったんだが、気がついたらこの世界に召喚されていた」

ん？　気がついたら？　こいつらは神様に会っていないのか？

気になったので、そのあたりについて探りを入れてみる。

「私は地球で死んでしまいまして、村上君達同様に気付いたらこの世界にいたんですよ。ただ、転移する時に誰かに会った気がするんですが……村上君達は誰かと会いませんでしたか？」

彼は首を横に振った。

「会ってないな。斉藤達もそんなことは言ってなかったし、あんたの気のせいじゃないのか？」

いいや、あんなフランクな神様が気のせいなわけがないだろ。インパクトありすぎるわ。

こいつらは神様に会ってないのか、それとも記憶がないのか、どっちだ？

いずれ他の勇者にも確認したいところだな。

そんなことを考えていると、勇者が突然兜を脱《ぬ》ぎだした。

「それにしても、あんたは全く日本人に見えないな。一回死んだから見た目が変わったのか？」

日本人に見えない？

おかしいな……何度か水面や街中のガラスに映った自分を見ているけど、若返ったことを除《のぞ》けば黒髪黒目の外見は日本にいた時とあまり変わっていない気がする。

……ああ、『偽装』スキルのせいか。

他の人の目には、俺はこの世界における平凡な顔に見えているはずだ。

これは失敗したな。

せっかくの同郷との対面だ。村上君だって勇者以外の日本人の顔が見たいだろう。

そう思って、俺は久しぶりに『偽装』スキルを解除した。

その瞬間――

「ひっ！」

「あ、あああ……」

周囲の雰囲気が一変した。

俺自身は何も変わった気がしないのだが、俺を包囲していた兵士達が悲鳴を上げながら尻餅をつき、なんとか立っている者も怯えた様子で、剣を構える手を震《ふる》わせている。

俺の素顔はそんなに恐ろしいのか？

「ちっ‼ そういうことかよ……」

勇者が俺に険しい目を向ける。何が〝そういうこと〟なんだ？

「そのオーラに圧迫感……あんたが今の魔王なんだろ？」

……は？ 何を言っているんだ、こいつは。

「いやいや、違いますよ。何か私が魔王だと思う理由でもあるんですか？」

思わず呆気に取られて聞き返した。というか、初対面なのに人を魔王呼ばわりするとは、どういう神経しているんだよ。

「そもそも、俺達が勇者として召喚されて、あんたが別口で召喚されたと聞いた時に、怪しいと思ったんだよ。勇者と魔王が同じ世界から召喚されるなんて、いかにもな話だろ？」

「いえ、そのような話はあまり聞いたことありませんが……」

「ゲームだよ、ゲーム。この世界はまんまゲームみたいなもんだろ？ ステータスはあるし、スキルやレベルまである。これがゲームじゃなかったら、なんだっていうんだ。俺らは勇者で、あんたは魔王。そういう役割なんだよ。誰がこんなシステムを作ったのか知ら

ないが、生物が普通に進化しただけじゃ、スキルやらレベルやらが存在する世界になるわけがない」

ふむ、あまり深く考えていなかったけど、その通りだな。

この世界で得たスキルなどを駆使すれば簡単に人間の限界を超えられるしな。進化じゃ説明がつかない。いったいどのような人物が作ったんだろうか？

「あんた、自分が魔王だってわかってないのか？」

勇者が呆れた様子で聞いてきた。

「急に魔王と言われても、正直困りますね。そもそも魔王とは、どういう存在なんですか？」

「魔王は魔物や魔族を引き連れて人類を滅ぼそうとする奴だろ。たとえば、魔法とかに秀《ひい》でた、残虐《ざんぎゃく》な王様だな」

ああ、良かった。なら俺は違うな。

人類を滅ぼすなどと、そんな恐ろしい考えは抱いたことすらない。

「魔王は人類を滅ぼそうとするんですか？　私にはそんなつもりは毛頭ありませんが……」

「おいおい、まさかモブに気を遣ってそんなことを言ってるんじゃないよな？」

「モブ……誰のことですか？」

「あいつらだよ。この世界にいる生き物は、俺達勇者を引き立てるためのモブにすぎないんだぜ？　だから、あんたもちゃんと魔王をやってくれないと、ストーリーが進まないだろ」

モブ？　引き立てる？　ストーリー？

駄目だ、全然理解できない。

「それは何か根拠がある話なんでしょうか？」

「根拠？　俺達が勇者としてこの世界に召喚され、人類の敵である魔王を倒して元の世界に帰る。お約束ってやつだよ。こんなこと、ゲームのストーリー以外にあるわけないだろ？　ちょっと考えれば誰でもわかるぞ」

確かにゲームみたいな世界ではあるけど、自分達以外の全ての生き物をモブと言い切るのはいかがなものか。

俺がこの世界で出会ったゴブ一朗達魔物もエレナ達人間も、とても個性豊かで楽しい奴らだ。

たまに個性を発揮しすぎて暴走するが、さすがにそこまで蔑《ないがし》ろにされると少し腹が立つ。

まさか、そのノリでここまで来たのか？

俺はそんな思いを込めて勇者に言葉を返す。

「そうですか。……しかし、この世界の方々もみんな良い人ばかりですよ？」

「確かに良い奴は多いかもな。でもいちいちそんなの気にしてたら、魔王なんて倒せねぇよ。俺のスキルは『アンデッドメイカー』だ。生物を殺して、その魔石からそいつをアンデッドに変える。最終的には元魔王をアンデッドにして使役《しえき》してやるつもりだ」

生物を殺してこそのスキルってことか。

それに元魔王の魔石を使って使役するとか、全く勇者っぽくない。

まあ、発想は良いかもしれない。それ、俺の『召喚』でもいけそうだな。

「では、この戦争で多くの王国民を殺したのはあなたなんですか？」

「ああ、そうだよ。数は力だからな。アンデッドどもに複雑《ふくざつ》な命令はできないが、これだけいれば十分だろ。そもそも、あんな化け物達が現れなきゃ、今頃エスネアート王国の人間を全てアンデッドにできたのに……。なあ、あんただろ？　あの化け物達の親玉は」

「ええ、一応私の仲間達ですね」

「困るんだよ。今は俺達が魔王を倒すためにレベル上げをする期間なんだから、あんたは魔国の最奥《さいおう》でどっしり構えていてくれないと」

こいつは馬鹿か。何故、俺を倒しに来ると言っている奴が育つのを待たないといけないんだ？

野放《のばな》しにしておくと後々面倒なことになりそうだな……

さて、どうしようか。

護衛の兵士達は俺を見てすっかり戦意を失ったようだ。

とりあえず、この勇者だけ気絶《きぜつ》させて持って帰るとしよう。

「お、ようやく解放してくれる気になったのか？　早くしてくれよ。さっきから結構痛くてキツいいんだよ」

何を勘違いしたのか、彼は足下をアピールしてきた。

俺はそれを無視して気絶させる方法を考える。

昔読んだ漫画みたいに頸椎《けいつい》に打撃を加える方法は、俺のステータスが高すぎて殺してしまいそうだ。

どうしよう……。

『風魔法』で酸素濃度《さんそのうど》を調整できないかな？

早速試してみるが、なかなか難しい。風は操れるんだけど、気体の成分を弄るのは上手くいかない。これは要練習だ。

仕方がない、とりあえず土で棺桶《かんおけ》を作って、そこに入れておくか。

『土魔法』を発動しようとした時、こちらに急速に近づく何かが『気配察知』に引っかかった。

なんだ、また厄介事か？　勘弁してくれ。

俺がそちらの方を注視《ちゅうし》していると、聞き慣れた女性の声がした。

「ケンゴ様‼　大丈夫ですか⁉」

ああ、エレナか。後ろにはマリアとリンもついてきている。

血相を変えてこちらに走ってくるが、何かあったのか？

「ケンゴ様が突然変装《へんそう》を解かれたので、何か一大事が起こったのだと判断し、私達が確認のためにこちらに駆けつけました。念話もせず、勝手な判断で行動してしまい、申し訳ありません」

俺の目の前まで来たエレナは、心配そうにこちらを見つめている。

「俺を気遣っての行動なんだから、咎《とが》めるわけがないだろ。それに、報告なしはいつものことだ。気にするな。しかし、よく俺が『偽装』を解いたと気がついたな。どんな方法を使ったんだ？」

「ケンゴ様が変装を解かれた瞬間、ケンゴ様のオーラが圧迫感としてこちらにまで伝わってきました。ですので、特に方法というのはありませんが……」

俺のオーラ？　なんだそれ。

身体を確認してみるが、特に普段と変わったところはない。

まさか、みんなが怖がっているのは、俺の顔じゃなくてそのオーラなのか？

マリアとリンですら、俺をまじまじと見ているし……

なんてこった。オーラとか、自分の意思じゃどうしようもないだろ……

俺はあのフランクな神様にまた会えたらどんな文句を言おうか考えながら、勇者を棺桶に詰め込む作業に入った。

＊＊＊＊

俺達は今、棺桶に入れた勇者を担《かつ》いで、ゴブ一朗達が戦っているであろう戦場に急いで戻っているところだ。

リンには勇者から『死霊使い』スキルを奪ってもらった。

これでこの戦争は勝ったな。

「そういえばエレナ、今ゴブ一朗達はどういう状況だ？　途中で抜け出してしまったからわからないんだ」

劣勢になってなければ良いのだが……

「私達がこちらに来る前に、ゴブ一朗先輩達が敵本陣を急襲《きゅうしゅう》しましたが、もぬけの殻《から》でした。なので、今は周囲の兵士を狩って数を減らしていると思われます。敵の首魁《しゅかい》の情報がないと、捜索も難しいようです」

敵の本陣がもぬけの殻……いったいどこに行ったんだ？

ともあれ、ゴブ一朗達には問題ないようで良かった。

「どうだリン、やれそうか？」

ろか。

「はい！　ですが、これだけ多くのアンデッドを一度に操るのは難しそうです」

「それは構わない。とりあえず、帝国のアンデッド達が王国の兵士を襲わなければいい」

この数のアンデッドをそれなりに操ることができるとは、さすがは勇者といったところか。

「それじゃあ、打ち合わせ通りに頼むぞ」

「はい、ケンゴ様もお気をつけて」

リンに一声掛けて、俺はエスネアート王国軍の陣地へと転移した。

中央付近に転移したつもりだけど、『隠密』スキルを発動していると誰も気付いてくれないな。

さて、レルド王子はどの辺にいるんだ？

見回すと、すぐに目立つ一団が見つかった。

「おい、敵右翼を攻めずに、前線の維持に努めるように伝えろ‼　壁が点在している位置を守れ‼　すぐにあの男が何かやらかす‼　全員何があってもいいように備えろ‼」

ああ、あそこにいた。わりと前線寄りで指示を出しているな。

総大将があんなに前に出て大丈夫か？

まぁ、俺も人のことを言えた口ではない。それにしても俺、何かやらかしたっけ？

記憶にない。

「総司令、少し良いですか？」

俺はレルド王子の側に転移し直して声を掛けた。

「なんだ？　今は忙しい‼　後にし……貴様、何故そこにいる？」

途中で俺だと気付いたのか、もの凄く訝しげな目を向けられた。そんな顔をされると傷つくな。

「伝えたいことがあって一度戻って来たんですよ」

「伝えたいこと？　なんだ？　ろくでもないことだったら、ただじゃ済まんぞ」

やけにイライラしているな……

「実は、アンデッドを操っている奴から操作権を奪えました。これからアンデッド達を退かせます」

「それは本当か⁉」

「ええ、ですから総司令にはその後、全軍で攻勢を掛けていただきたいのです。可能でしょうか？」

「構わんが……操作権を奪ったなら、そのアンデッド達で帝国を攻めることはできないのか？」

「それは現状厳しいですね。少数なら問題ないのですが、あの数を自在に操るのは困難です。退かせるのが精一杯かと」

「そうか。しかし、アンデッドがいないのなら我が軍は帝国相手には決して負けん‼」

レルド王子は一転して上機嫌になり、自信満々に断言した。

「それは頼もしいですね。それともう一つお願いがあります。うちの奴らが帝国本陣を攻めたのですが、もぬけの殻でした。どこかへ移動したと思われます。我々は敵の首魁の顔がわかりませんので、総司令にご協力いただきたいのです」

「帝国の本陣が……？」

「ええ。これから私達が帝国を背後から追い立てます。総司令はそれを逃がさぬようにお願いいたします」

「わかった、貴様の情報を信用しよう。それで魔物どもはいつ頃までに退く予定だ？」

「すぐに動き出しますよ。ほら、見てください」

俺が前方を指差したタイミングで、今まで王国の兵士に襲いかかっていた魔物がピタリと動きを止めた。

前線の兵士達は突然の出来事にどう動いていいのかわからず、戸惑いの声を漏らす。

「な、なんだ……？」

「動きが止まった……死んだのか？」

「馬鹿か、アンデッドだからもう死んでるだろ」

「何かしてくるかもしれない。油断せずに壁を守るぞ」

呆然としているレルド王子に、注意を促す。

「さぁ、早く指示を出さないとみんな混乱して統率《とうそつ》が取れなくなりますよ」

「わかっている！　毎度毎度、どうしてこうも突然なんだ。何かするなら事前に連絡をよこせ！　軍を動かすこっちのことも少しは考えろ！」

だからこうして事前に知らせに来たのだけど……

俺達もさっき勇者を捕まえたばかりだから、これ以上早く知らせるのは不可能だ。

やはりすぐに情報を伝える手段がないのは不便だな。念話という手もあるが、誰彼構わずマーカーを打ち込むわけにはいかない。

携帯《けいたい》電話が懐かしい。

「あ、あと、これを差し上げます」

俺は懐から一つの魔道具を取り出した。

「なんだこれは？」

「私が作った拡声器です。指令を出すのに便利ですよ」

「ほう、やけに貴様らの声が大きいと思っていたが、これが理由か」

いや、拡声器は一部の奴しか装備していない。彼らの雄叫びがでかすぎるだけだ。

「今回の戦争が終わって帰還したら各所で売り出す予定なので、もし使い勝手が良ければ、販売の際に協力をお願いします」

「俺に魔道具を試せと言うのか？　相変わらずいい度胸《どきょう》だな。使い物にならなかった時は、協力などせんぞ？」

「ええ、それで構いません」

「そうか」

レルド王子は一つ頷いて、前を向いた。

「全軍聞け‼　目の前の脅威であるアンデッド達は我が軍に下《くだ》った‼　以後、アンデッドがこちらを攻撃することはない。奴らが退いたら帝国本陣に急襲をかける‼　皆、準備に取りかかれ‼」

レルド王子の声に反応し、前線の兵士達が沸《わ》き上がる。

「お……おおおおおお‼」

「各隊長、各将軍には帝国の後ろから味方が挟撃《きょうげき》すると伝えろ‼　次の相手は人間だ‼　陣形、装備等急ぎ整えろ‼」

「了解いたしました！」

よしよし、これでこちらは大丈夫そうだ。裏方で動き回るのは結構大変だな。

俺は諸々《もろもろ》の準備を始めたレルド王子達のもとを後にした。

転移でゴブ一朗達のところに戻ると、エレナが声を掛けてきた。

「ケンゴ様、お疲れ様です。上手くいきましたか？」

「ああ、問題なく話ができたよ。すぐに王国軍も動き出す。こっちはどうなってる？」

「はい、リンはアンデッドの操作に慣れてきたようなので、移動が終われば少しは攻撃に回せます。ゴブ一朗先輩、ポチ先輩、うさ吉先輩は引き続き帝国中央軍を挟撃しています。現在はかなり優勢です。やはりアンデッドがいなくなったことで、ポチ先輩達が中央軍の攻撃に回れたのが大きいですね」

こちらも順調そうで一安心だ。

「あれから、エッジみたいな強敵は出てきてないか？」

「帝国の本陣を抜く時に例の黒い魔力を纏う兵士が何人かいた程度です。この段階で出てこないところを見ると、帝国軍にはもう我が軍を脅《おびや》かす存在はいないと考えられます」

おお、それは朗報だ。

強い敵がいないのならば、ゴブ一朗達もやられることはないだろう。

昨日のエッジ戦はハラハラさせられたからな。

身内がボロボロになっていくのを見るのは本当に心臓に悪い。

「あとは、第一王女か……」

「……はい。帝国本陣にもそれらしい姿は見られませんでした」

これは王女を戦場に連れてきていない線が濃厚だな。

帝国はどうやって王女を利用するつもりだったんだ？

まぁ、戦場にいないなら手の打ちようがない。

何かアクションがあってから対応するか。

さて、目的であった勇者も捕獲したし、これから俺はどう動こうかな……

とりあえず、帝国軍の後方に壁を造って逃げ道を塞ぐとして、できればゴブ一朗達を手伝いたい。

どこか俺の助けを必要としているところはないだろうか？

俺は仕事を求めてゴブ一朗に念話を送った。

（ゴブ一朗、そっちは大丈夫か？）

（『こっちは問題ない』）

（それは良かった。手が空《あ》いたんだが、何か手伝うことはあるか？）

（『特にないな。それより主よ、少し聞きたいことがある。主はどうやって勇者を……』）

そこで急にエッジが念話に割り込んできた。

（問題がない？　問題ありありじゃねぇか！　さっきエレナと話してからお前、動きが悪いぞ！　このままじゃ、俺が余裕で討伐数勝っちまうぞ？）

俺が何かを言う暇もなく、ゴブ一朗が反論する。

（『黙れ。俺はお前と違って忙しいと何度も言っているだろうが。主、すまないが急用ができた。話は後だ』）

ゴブ一朗はそう言うと念話を切ってしまった。

戦闘中にも平気で念話をするゴブ一朗が切るなんて、珍しい。

それに相変わらずエッジと仲が良さそうだな。羨ましいぞ。

仕方ない、ゴブ一朗は忙しそうだから次はポチ達か。

（ポチ、うさ吉、そっちは問題ないか？）

（『問題ない』）

（『そうだね。アンデッドもいなくなったし、王国も動き出したから、後は包囲して終わりだと思うよ』）

なるほど、こっちの方も俺の出番はなさそうだな……

俺が肩を落としていると、ポチが付け加えた。

（『だが、たまに出てくる魔力を纏った奴らは、王国の兵士では対処不可能だろう』）

（そうなのか？）

俺の疑問にうさ吉が答える。

（『でも、数は多くないし、あの魔力も時間制限があるみたいだから、そこまで問題じゃないよ』）

（ふむふむ。なら、俺はその魔纏着を使用した奴を倒していけばいいのか）

早速動こうとしたら、エレナに止められた。

(駄目です。ケンゴ様は壁を造った後、私と待機です。気絶した勇者を放置するつもりですか?)

ぬぬ……確かに勇者は放置できないけど……

(だが、魔纏着の奴らをどうにかしないと被害が……)

(大丈夫です。先ほどうさ吉先輩が仰っていたように、少数が魔纏着を使用したところで大勢には影響ありません。それに、被害が出たとしても王国軍だけです。我が軍には出ません)

(いや、王国軍に被害が出るなら、少しでも減らした方がいいだろ)

(だとしても、ケンゴ様が直接動く必要はありません。ケンゴ様は我が軍の大将なんですよ? わかっていますか? お願いですから少しは自重《じちょう》してください。被害が増えるようならゴブ一朗先輩達が臨機応変に動いてくれるはずです)

そうか? ゴブ一朗は忙しそうだったぞ?

(『主様よ、その通りだ』)

(『そうだね。王国の動きは僕が把握してるから、何かあったらこっちで対処するよ』)

さすがにポチとうさ吉にまで言われたら、動きづらいな。

(問題がないのはいいことだが……出番がないのは寂しいな)

（これが普通ですよ。いつもはケンゴ様が動きすぎです。たまには心配するこちらの身にもなってください）

俺はそんなにいつもエレナに心配を掛けていたのか。

しかし、俺を後方に追いやろうとするお前達もどうかと思うぞ。

何故なら、お前達が俺を心配するように、俺もお前達が心配なんだ。

まあ、これからはなるべく自重するよ。

とりあえず、帝国にプレッシャーを掛けるためにも、今は壁を造るか。

初めから全てを壁で囲めたら楽だったんだが、さすがにこの範囲を一気に囲むと魔力が尽きてしまう。

魔力ポーションにも限りはあるし、節約しないとな。

俺は『土魔法』で帝国軍の後方に長大な壁を出現させた。

＊＊＊＊

「そんなに呆けて、どうかしたんですか？」

俺は王国本陣で戦場だった場所を見つめるレルド王子に、そう問いかけた。

「ああ……まさか本当に帝国に勝利できるとは思っていなくてな。夢でも見ているようだ」

「大袈裟《おおげさ》ですね。私はちゃんと勝利に導くと約束しましたよ？」

「そうだな……本当に貴様には感謝せねばならん。そして貴様を連れてきた妹にもな」

「気にしなくていいですよ。私達は約束を守ってもらえれば、それで十分ですから」

レルド王子は本当に嬉しそうに語りかけてくる。

「そうはいかん。貴様は救国の英雄だ。王都に帰還次第、国を挙げて盛大にもてなそう」

そのお礼は勘弁してほしい。

俺が王子に、しかも国を挙げてもてなされるだと？

その姿を想像するだけで胃が痛くなってくる。

今回もモーテン達に代わってもらいたい。

俺は勝利に沸く王国軍を遠い目で見渡した。

あれから、戦況は一方的だった。

前方に王国軍、後方には突然現れた壁。さらに中央ではゴブ一朗達が暴れており、頼みの高ランク冒険者や勇者の不在も重なって、帝国軍は戦線を維持できなくなった。

崩壊の決め手は、ゴブ一朗達が中央を攻めているせいで帝国軍が分断され、情報が共有できなかったことだ。

そのおかげで、昨日無傷だったガスタール将軍率いる王国右軍が敵を圧倒していても、敵側の増援《ぞうえん》などは一切なかった。

俺達という不確定因子が戦場をかき回し、帝国軍に本来の力を発揮させなかったことも大きい。

結局帝国軍は順次制圧され、エスネアート王国が勝利した。

今回はなんとか帝国を退けられたが、これから王国はどう動いていくのだろうか？

この戦争で多くの帝国兵を捕虜《ほりょ》としたものの、帝国の進軍を受けた町や集落は壊滅状態。

さらに、王女も最後まで発見することができなかった。これは王国にとってかなりの痛手だ。

そもそも、帝国が今回の戦争を仕掛けてきた理由はなんだ？

本当にあのアホ勇者の言うとおり、元魔王の魔石奪取とアンデッド軍を作るためだけに国を滅ぼそうとしたのか？

だとすれば、俺が知る限りでは何も行動を起こしていない今代の魔王より、帝国の方が性質《たち》が悪い。

こんなんじゃ、他の国も帝国に協力なんてしないだろうし、一致団結して魔王討伐なんて夢のまた夢だ。

だが、考えても何もわからない。もう少し情報収集に努めよう。

とりあえず、今俺がやらないといけないのは、王都での祝いの席を別の奴に押しつけることと、目の前にいる何万ものアンデッド達の処理か……

周囲を見回すと、王国軍が勝利に酔いしれている後方で、アンデッド達が静かにこちらを眺めている。

うん、ただ立っているだけなのに、精神的にかなりの圧迫感がある。

その証拠に、勝利を祝い合っている王国軍はアンデッド達に背を向けて一切見ようとしない。

苦戦した相手があんなに近くにいたら、目を背《そむ》けたくなる気持ちはわかる。

俺だって、一刻も早くあのアンデッド達をどうにかしたい。

一応、使い道は決まっている。蘇らせるためにはどの道一度殺して魔石を取らなければならないので、一体残らず拠点に連れ帰って、戦闘職じゃない住人のレベル上げに使う予定だ。

これだけの数なら、かなりの人数を進化、または強化できるはずだ。

『召喚』を使ってアンデッド達を生き返らせる時に備えて魔石も取り出さないといけないが、一気に全ての魔石を取り出すのは不可能なので、一石二鳥《いっせきにちょう》である。

この提案にはゴブ一朗達も満場一致《まんじょういっち》で賛成してくれたしな。

ありがたいことに、アンデッド達は一度死んでいるので、水や食料などを何も必要としない。拠点に連れ帰ったら、地下で大人しくしていてもらおう。

一つデメリットがあるとしたら、制御のためにリンが拠点から動けなくなることだ。

まぁそこら辺は、リンが外出する際は地下を完全に閉ざすとか、やりようはある。

あんまり知能も高くないだろうしな。

レルド王子もアンデッドが気になっていたらしく、俺に質問してくる。

「ところで、あのアンデッドはどうするんだ？」

「約束通り、全て私達が貰い受けます」

「本当にあの数を？　魔物に関しては貴様に全てやるとは言ったが……まさか悪用するつもりではないだろうな？」

失礼な。悪用ではなく有効活用だ。

「大丈夫ですよ。それに、悪用するならさっさと王国兵を襲わせます」

「貴様は何を考えているかわからんからな。我が国を救ってもらった恩があるとはいえ、もし王国にアンデッドをけしかけでもしたら、その時は私が貴様の首を刎ねるぞ」

だからそんなことしないって。

アンデッドをけしかけるくらいなら、ゴブ一朗達を出した方がよっぽど効率が良いしな。

「そこら辺は信用してください。そういえば、この魔道具は知っていますか？」

俺は一つの魔道具をレルド王子へと差し出す。

「これは……なんだ？　見たことがないな」

「それは〝魔纏着〟という魔道具です。使用すると黒い魔力を纏い、一定時間、自己を強化できる代物《しろもの》ですよ」

「では、これが帝国の黒い魔力を纏う集団の正体《しょうたい》か。研究すれば、我が軍も帝国に対抗できるかもしれんな」

「ですが、その製法が問題です」

「問題だと？」

「ええ。作り方自体は簡単です。魔力が強い者から魔力を抜き取り、その魔道具に蓄積するだけですから。もちろん、魔力を抜き取られた人間は廃人《はいじん》と化して廃棄されます」

それを聞き、レルド王子が顔をしかめる。

「なんだと……帝国はそのような非道《ひどう》を……」

「その行為自体も問題です。しかし、さらに厄介なことに、帝国はそれを他国で行っているのです」

「なんだと！　まさかっ！」

「そのまさかです。エスネアート王国でも被害が出ています。私達はアルカライムの町でその魔道具の作製を阻止《そし》しました」

俺はアルカライムで商人のザックさんの娘、アンナちゃんが攫われた時にこの魔道具を目にしている。あの時の奴らの目的は、まさに魔力の収集だったのだ。

「なんということだ……いったい帝国はどこまで……おい、急ぎ伝書鳩《でんしょばと》を用意しろ‼　勝利の報告と共に陛下《へいか》に知らせるぞ‼　陛下には早急に王都に帰還してもらわないと……」

そういえば、王様は獣王国に避難《ひなん》していたんだっけな。決戦は二日で終わっちゃったし、まだ獣王国に着いてすらいないんじゃないか？

「そんなに焦ってどうしたんですか？」

レルド王子の慌てぶりが極端《きょくたん》なので、思わず尋ねた。

「貴様はその魔道具のせいで廃人になると言ったな？　最近の王国では、行方不明者が多数報告されている上に、怪しげな〝魔力の売買〟などが巷で流行しているのだ。魔力を売った人間は無気力になるとも言われている。これが全て帝国の仕業だとしたら、早急に手を打たねばならん」

確かにそれは少しまずいな。

行方不明もだけど、無気力な人間が増えれば、いずれ社会や経済が回らなくなる。

十中八九、黒の外套の仕業だな……

「それで、この後はどうしますか？」

「戦後処理が終わり次第、すぐに王都に帰還する。捕虜達が運れるようなら、各将軍に任せて私だけでも先に戻ることになるだろう」

「その案件は、総司令一人でどうにかできるものなんですか？」

「……いや、私だけではどうにもならん。だが現在の王都は、この決戦に負けた時のことを考慮して多くの人間が外に避難しており、実質的に統率者が不在の状態だ。陛下がいない今、少しでも早く私が戻る必要がある」

ふむ、それは大変だ。だったら……

「総司令、ご相談があるのですが……」

「なんだ？　手短に済ませろよ」

「いえ、タダとはいきませんが、私が王都までお送りしましょうか？」

「何？　王都まで送るだと？　貴様がか？」

レルド王子は訝しげな視線をこちらに向ける。

「総司令がご存じかどうかはわかりませんが、私達は転移門を持っています。それを王都まで繋ぎましょう」

「そんなことが可能なのか？」

「ええ。あまり長い時間は繋いでおけませんけどね」

俺の提案に、レルド王子は少し考える素振《そぶ》りを見せた。

「それが本当なら助かるが……タダではないと？　何を要求するつもりだ？」

「今は思い浮かばないので、貸しという形にしておきましょう。ですが、総司令の許容範《きょようはん》囲《い》を超えるような無理難題《なんだい》をお願いするつもりはありませんよ」

「その言葉、本当だな？　約束を反故にする気はないが、無理な要求は断らせてもらうぞ？」

「ええ、それで大丈夫です」

「そうか、ならその条件で決まりだ。どれくらいで準備できる？」

「今日はもうじき日が暮れます。私達もアンデッドの移送があるので、明日の早朝までには」

「それは上々だ。こちらも急いで準備を整えよう。人数は何人までだ」

「千人くらいなら余裕です」

「わかった。ではまた準備が整い次第連絡する」

「了解しました」

レルド王子は他にいくつか確認すると、各所に指示を出しながら天幕の方へと歩いていった。


ようやくこれで一息つける。今回、戦争という大規模な戦いを初めて経験したが、第三王女と交わした約束通り、勝利で終われて良かった。

王国もかなりの被害を出したものの、アンデッド率いる帝国に負けるよりははるかにマシだろう。

しかし、この後レルド王子を早急に王都に連れて行かないといけないし、帝国に捕まった第一王女はまだ見つかっていない。

そもそも、この世界の勇者を捕まえてしまったけど、大丈夫なのだろうか？

不安は残るが、とりあえずはこれで一区切りだ。

明日からはまた忙しくなる。

面倒なことは忘れて、今はただ勝利を祝おう。ゴブ一朗やエレナ達もかなり頑張ってくれたからな。

何か報酬をあげてもいいかもしれない。

あいつらは何を貰ったら喜ぶだろうか？

俺はゴブ一朗達の喜ぶ顔を想像しながら、仲間が待つ場所へ戻ったのだった。

あとがき

この度は、文庫版『異世界をスキルブックと共に生きていく2』をお手に取っていただき、誠にありがとうございます。

第一巻では、主人公ケンゴが異世界に転移し、苦戦しながらも拠点を築き仲間を増やしていきました。今回の第二巻は、その仲間達と共に大規模な戦に挑むお話です。

本作も前巻同様に、様々な場面でユニークな能力を持つ仲間を増やしながら、各地で巻き起こる厄介事を解決していく部分が見所となっています。お姫様を救出したり、戦争に巻き込まれたりと、頼もしい仲間達に引っ張られながら異世界を旅するケンゴの活躍をお楽しみいただけると嬉しいです。

Ｗｅｂで連載中も、そんな彼らの普通とはかけ離れた非日常的な物語に想像力を巡らせることは、とてもワクワクする作業でした。しかし、そういった創作活動においても、第一巻の執筆時より苦労したものがあります。

それは名前です。

物語が進むごとに、どんどん多くなるキャラクター。魔物の個別の種族名だけを挙げても、凄い数に上ります。しかもこれからますます増える一方……。先のことを考えると、この問題にはかなり頭を悩ませました。

中でも一番難しかったのは貴族と王族の名前です。何を基準に、どれぐらいの長さや決まり事があるのか？　色々な資料を結構自分なりに調べた気がします。

悪戦苦闘《あくせんくとう》の末、最終的に第一巻のあとがきにも登場した私の妹に相談したところ「フィクションやから､好きに書いたらええねん」と背中を押され、本作に登場するキャラクター達の名前に落ちつきました。とはいえ、書き終えた今でも、「ホントにあれで良かったかなあ……」と、時折過去を振り返って、くよくよ悩んでしまう日もあります。

一つ発見だったのは、何かに名前をつける前には、対象となるキャラクターの姿形を事前に決めてしまうというコツを掴んだことです。今回、その点は改めて認識しました。

読者の皆様は、いかがでしたでしょうか？　お読みになってみて、どこか違和感はありませんでしたか？　もし、本書を読み直す機会があれば、創作の背景にあるそんな作者の苦悩も想像していただけると、また違った面白さが味わえるかもしれません。

最後になりましたが、本作を手に取っていただいた読者の皆様、また出版にあたりご協力くださった関係者の方々に、改めて御礼を申し上げます。

二〇二一年九月　大森万丈

大好評発売中!
累計600万部突破!
(電子含む)
ゲート SEASON1
大好評発売中!
コミックス
最新19巻
大好評発売中!
単行本
文庫
漫画
ゲート
自衛隊 彼の地にて、斯く戦えり
柳内たくみ
漫画:竿尾悟
●本編1～5／外伝1～4／外伝+
●各定価:1870円(10%税込)
●本編1～5〈各上・下〉／
外伝1～4〈各上・下〉／外伝+〈上・下〉
●各定価:660円(10%税込)
●1～19(以下、続刊)
●各定価:770円(10%税込)
スピンオフコミックスもチェック!!
ゲート featuring The Starry Heavens
原作:柳内たくみ
漫画:阿倍野ちゃこ
1～2
ゲート 帝国の薔薇騎士団 ピニャ・コ・ラーダ14歳
原作:柳内たくみ
漫画:志連ユキ枝
1～2
めい☆コン
原案:柳内たくみ
漫画:智
●各定価:748円(10%税込)

大ヒット
異世界×自衛隊ファンタジー
ゲート
自衛隊 彼の海にて、斯く戦えり
GATE SEASON 2
1〜5
柳内たくみ著
Yanai Takumi
文庫
最新3巻
2021年10月
刊行予定!!
1〜5巻
好評発売中!
文庫1〜2巻
(各上・下)
大好評発売中!
GATE ゲート SEASON 2
自衛隊 彼の海にて、斯く戦えり
1 抜錨編 上
柳内たくみ
『ゲート』シリーズ累計
ついに500万部突破!
電子含め累計570万部
豪華賞品が当たる
海自編、待望の文庫化!
記念キャンペーン開催!
GATE ゲート SEASON 2
自衛隊 彼の海にて、斯く戦えり
1 抜錨編 下
柳内たくみ
『ゲート』シリーズ累計
ついに500万部突破!
電子含め累計570万部
豪華賞品が当たる
海自編、待望の文庫化!
記念キャンペーン開催!
●各定価:660円(10%税込)
●Illustration:黒獅子
ゲート SEASON 2
GATE
1.抜錨編
自衛隊 彼の海にて、斯く戦えり
柳内たくみ
舞台は異世界の海!ゲート海自編、ついに開幕!
海上自衛隊VS
異世界海賊&海軍!
累計420万部! 超スケールの自衛隊×異世界ファンタジー!
●各定価:1870円(10%税込)
●Illustration:Daisuke Izuka

ネットで人気爆発作品が続々文庫化!

アルファライト文庫 大好評発売中!!

アラフォーおっさん、ボスモンスターをワンパン撃破!?

超越者となったおっさんはマイペースに異世界を散策する 1~5

1~5巻 好評発売中!

神尾 優 *Yu Kamio*　　illustration ユウナラ

召喚されてボスモンスターを瞬殺するも、激レア最強スキルが制御不能……!?

若者限定の筈の勇者召喚になぜか選ばれた、冴えないサラリーマン山田博(42歳)。神様に三つの加護を与えられて異世界に召喚され、その約五分後——彼は謎の巨大生物の腹の中にいた。いきなりのピンチに焦りまくるも、貰ったばかりの最強スキルを駆使して大脱出! 命からがらその場を切り抜けた博だったが——。不器用サラリーマンの異世界のんびりファンタジー、待望の文庫化!

文庫判　各定価:671円(10%税込)

アルファライト文庫

この作品に対する皆様のご意見・ご感想をお待ちしております。

おハガキ・お手紙は以下の宛先にお送りください。

【宛先】

〒150-6008 東京都渋谷区恵比寿 4-20-3 恵比寿ｶﾞｰﾃﾞﾝﾌﾟﾚｲｽﾀﾜｰ 8F
（株）アルファポリス　書籍感想係

メールフォームでのご意見・ご感想は右のＱＲコードから、
あるいは以下のワードで検索をかけてください。

アルファポリス　書籍の感想　検索

ご感想はこちらから

本書は、2019年12月当社より単行本として
刊行されたものを文庫化したものです。

異世界《いせかい》をスキルブックと共《とも》に生《い》きていく 2

大森万丈（おおもり ばんじょう）

2021年9月30日初版発行

文庫編集－中野大樹／宮田可南子
編集長－太田鉄平
発行者－梶本雄介
発行所－株式会社アルファポリス
〒150-6008東京都渋谷区恵比寿4-20-3恵比寿ガーデンプレイスタワー8F
TEL 03-6277-1601（営業） 03-6277-1602（編集）
URL https://www.alphapolis.co.jp/
発売元－株式会社星雲社（共同出版社・流通責任出版社）
〒112-0005東京都文京区水道1-3-30
TEL 03-3868-3275
装丁・本文イラスト－SamuraiG
装丁デザイン－ansyyqdesign
印刷－中央精版印刷株式会社

価格はカバーに表示されてあります。

落丁乱丁の場合はアルファポリスまでご連絡ください。

送料は小社負担でお取り替えします。


ISBN978-4-434-29375-7 C0193